_____를 위해

매일 기도하는 누군가가.

너를 위해
매일 기도하는 누군가가

김지훈 작가

진심의꽃한송이

차례 .   .   .   .

안녕하세요, 지훈이에요. 오랜만에 인사드립니다. 이 책은 제가 카르마 요가라는 모든 행위를 신께 바치는 하나의 예배로써 임한다는 마음을 배우고부터 많은 분들의 하루에 조금이나마 행복과 평화를 가져다주길 바라는 마음으로 올린 기도들을 엮은 책이에요. 책이라는 결과를 바라고 기도를 올리기 시작한 것은 아닌데, 어느새 많은 기도가 쌓였고, 많은 분들로부터 책으로 읽고 싶다는 요청을 받아 출간을 결심하게 되었습니다. 꼭 여러분의 마음에 작은 빛과 평화를, 사랑과 용서의 마음을 이 기도가 선물할 수 있기를 바라요.

종교인이라면 이런 식으로 기도하면 어떨까, 하고 생각했고, 또 종교가 없는 사람들도 이렇게 기도하면 얼마나 좋을까, 하고 생각하며 쓴 기도들이에요. 기도라는 건 꼭 종교가 있어야 하는 건 아니라고 생각하거든요. 그저 누군가가 행복했으면 좋겠다, 나로 인해 웃었으면 좋겠다, 하고 바라는 그 마음이 바로 기도의 시작이라 믿으니까요. 그래서 저는 여러분이 종교에 관계없이 나를 위해, 또 내가 사랑하는 누군가를 위해 기도할 줄 아는 사람이었으면 좋겠어요. 그 기도가 여러분의 삶에서 함께할 때, 여러분의 삶에 어떤 알 수 없는 기쁨과 힘을 전해주며 여러분의 삶을 지탱할 거라 믿으니까요.

그저 밥을 먹으며 이렇게 오늘 하루도 맛있는 밥을 먹을 수 있음에 감사할 수도 있고, 또 누군가와 함께하며 이렇게 너와 함께하고 있다는 사실에 감사할 수도 있고, 또 너라는 존재, 나라는 존재 자체에 감사할 수도 있고, 그러니까 세상에 감사할 것이 얼마나 많던가요. 그리고 그 감사의 마음 자체가 저는 하나의 기도라고 생각해요. 감사하는 마음은 언제나 사랑의 크기를 키워 우리로 하여금 삶을, 그리고 상대방을, 나 자신을 더욱 촘촘하게 사랑하게 해주니까요. 그러니 기도가 어렵다면 그저 무엇인가에 감사합니다, 감사합니다, 이렇게 속으로 예쁘게 속삭여봐요. 그 어떤 기도보다 그 순수한 감사의 기도가 가장 위대한 기도가 아닐까, 하고 생각해요.

저의 이 기도들은 그저 하나의 기도에서 그치지 않고, 읽다 보면 여러분의 마음에 어떠한 빛과 선물을 전해주는 하나의 아름다운 시가 되어줄 거라고 믿어요. 고로 그저 책이라고 생각하고 읽어도, 충분히 많은 마음을 곱씹을 수 있을 거라고 생각합니다. 늘 두꺼운 책을 써왔는데, 저의 책을 닳도록 아껴주시는 독자 분들께서는 그 두터움을 좋아하시면서도, 또 가져 다니며 읽기엔 좀 무거워 속상하셨을 텐데요, 이 책은 귀엽게 작게 제작하자, 하고 마음먹었으니 들고 다니면서 함께하셔도 좋고, 또 귀엽게 소장하셔도 좋을 것 같아요.

언제나 여러분이 무탈하게 행복하기를 소원합니다. 그리고 여러분의 마음이 늘 사랑으로, 다정함으로, 감사와 기쁨으로 채워지고 지켜지기를 바랍니다. 이 책의 제목처럼, 당신을 위해 매일 기도하는 누군가가 있다는 것을 늘 기억한 채 나아갈 수 있길 바라요.

감사합니다. - 지훈 올림.

언제나 여러분이 무탈하게 행복하기를 소원합니다.
그리고 여러분의 마음이 늘 사랑으로, 다정함으로,
감사와 기쁨으로 채워지고 지켜지기를 바랍니다.
이 책의 제목처럼,
당신을 위해 매일 기도하는 누군가가 있다는 것을
늘 기억한 채 나아갈 수 있길 바라요.

너를 위해 매일 기도하는 누군가가

심판.

제가 이 세상의 선하지 않은 면들을 바라보고,

그것에 골몰하고 빠지기보다

오직 아름다운 면들을 바라보게 해주세요.

그렇게 악한 것에 대한 심판을 거두고,

오직 선하고 아름다운 것에 대한 심판만을 하게 해주세요.

우리는 판단함으로써 판단 받고,

하여 판단을 용서함으로써

나 자신을 구원할 필요가 있기 때문입니다.

그러니,

오직 사랑하기 위해 태어난

제 존재의 이유를 제가 잊지 않게 해주시고,

하여 그것을 완성하며 나아가게 해주시고,

그렇게 모든 판단하는 태도로부터 저를 지켜주세요.

제가 할 수 있는 유일한 심판은,

이 세계가, 그리고 나와 함께하고 있는 당신이,

무엇보다 나 자신이 아름답고 사랑스럽다는

그 사랑의 심판밖에 없다는 것을, 하여 제가 알게 해주세요.

제가 할 수 있는 유일한 심판은,
이 세계가, 그리고 나와 함께하고 있는 당신이,
무엇보다 나 자신이 아름답고 사랑스럽다는
그 사랑의 심판밖에 없다는 것을.

근원.

외부에 저의 근원을 두지 않게 해주세요.

제가 외부에 저 자신이 존재하는 이유와

그 모든 행복의 근원을 떠넘길 때,

저는 외부에 의해 자주 흔들리게 될 것이며,

하여 불행 앞에서 취약할 수밖에 없을 것이기 때문입니다.

내면에서부터 스스로 행복하지 못해

끝없이 타인이 내게 이렇게 해주길 기대하고 바라며,

세상과 타인을 통제하고자 할 것이기 때문입니다.

이것과 저것이 있어야만 제가 행복해질 거라는

그 끝없는 오해와 환상 안에 갇힌 채

영원히 행복을 제 마음에서부터 느끼지 못할 것이기 때문입니다.

그러니 오직 안에서부터

제가 소중하고 사랑받기에 충분한 사람이라는,

저 자신의 빛과 태초의 사랑을 제가 잊지 않고 느끼게 해주세요.

그렇게, 외부의 그 무엇에도 불구하고

제가 흔들림 없이 감사하고 행복할 수 있게 해주세요.

제가 스스로 행복한 사람이 되어야만

저는 타인에게서 행복을 빼앗고 갈취하기보다

행복을 건네주는 다정한 사람이 될 수 있으며,

그 마음 자체가 바로 사랑이기 때문입니다.

그러니 제가 그 사랑을 배우고 완성하기 위해
오늘 조금 더 감사하며 스스로 행복하게 해주세요.

하나.

저 자신의 행복으로써
타인들의 마음에 행복을 전해주게 해주세요.
제가 기쁘고 행복할 때,
저는 타인들에게 더욱 느긋하고 다정할 수밖에 없을 것이며,
그러니까 우리는 오직 우리 자신이 행복한 사람일 때만
진실로 누군가를 행복하게 해줄 수 있기 때문입니다.
그러니 저의 우울함이, 슬픔이, 미움과 분노가,
증오와 원망이, 고민과 예민함이
타인들을 또한 불행하게 만들지 않을 수 있게
저는 오늘 저 자신의 행복을 지켜내고자 합니다.
당신께서 그것을 도와주시고 이끌어주세요.
결국 우리는 우리 자신의 마음 안에 있는 것만을
타인에게 또한 선물해줄 수 있으며,
그래서 이 세상에 내게 줄 수 있는 가장 예쁜 선물은
저라는 존재 자체의 행복과 사랑스러움이기 때문입니다.
제가 걱정 가득할 때 저는 타인에게 그 걱정을 나눌 것이며,
제가 우울할 때는 우울함을, 짜증스러울 때는 짜증을,
누군가를 미워할 때는 그 미움을 나누게 될 테지만,
제가 오직 평화롭고 기쁨 가득할 때는
그 기쁨과 행복을, 사랑과 평화를 나눌 수밖에 없기 때문입니다.

그러니 제가 저 자신의 존재로서 봉사하게 해주세요.

그러기 위해 더 자주 웃고, 더 자주 이해하고 사랑하는

그 예쁜 성숙을 제 마음에 가득 지닌 제가 되게 해주세요.

그 성숙을 완성하는 오늘을 보내게 해주세요.

용서.

제가 겪고 있는 이 모든 아픔들이

사실은 저에게 용서를 가르쳐주기 위해

제게 찾아온 선물임을 제가 바라볼 수 있게 해주세요.

그렇게, 용서를 배우게 해주세요.

외부가 평화롭고 사랑스러울 때 제가 행복하기란 쉽지만,

외부가 어둡고 저에게 상처를 줄 때

제가 행복하기란 어렵고, 다정하기란 더더욱 어렵고,

하지만 그래서 지금 이 순간 그럼에도 행복한 내가 될 때

저의 행복과 사랑은 비로소 완성되기 때문입니다.

그럼에도 불구하고 온전히 감사하고 기뻐하는 것,

그것이 진정한 행복이기 때문입니다.

그리고 우리는 용서를 통해 그 행복을 완성합니다.

그러니 제가 보다 단단하게 행복하고,

더욱 위대한 사랑을 하도록 이끌어주기 위해 찾아온

이 시련 앞에서 제가 기꺼이 용서하게 해주세요.

모든 것이 그 수업을 위해, 그 성숙을 위해 찾아온 것임을

제가 분명하게 알고 선물로 여기게 해주세요.

하여 탓하고 원망하고 저항하며 불행해하기보다

오직 용서함으로써 저 자신의 성숙과 행복을 완성하게 해주세요.

그럼에도 불구하고 온전히 감사하고 기뻐하는 것,
그것이 진정한 행복이기 때문입니다.

힘.

제게 힘을 주세요.

어렵고 힘이 듭니다. 속상하고 아픕니다.

그래서 밤마다 잠 못 든 채 고민합니다.

그럼에도 두렵습니다.

잘 해낼 수 있을까, 확신이 서지 않습니다.

그러니 용기와 힘을 주세요.

끝없는 고민에 탐닉하기보다

해결되지 않을 고민에 고민을 더하기보다

믿음과 확신으로 나아가게 해주세요.

제가 고민하고 있을 때

저는 걱정 가득한 눈빛과 무거운 어깨,

또 힘없는 무기력함과 지친 마음들로

세상과 사람들을 마주하게 될 것이고,

그것이 그들을 또한 아프게 할 것이기 때문입니다.

그러니 믿음과 용기를 원합니다.

그 확신의 빛과 생명력을 원합니다.

그것을 통할 때라야 이겨낼 수 있으며,

또 그 모든 과정 안에서

세상과 사람들에게 또한 빛이 되어줄 수 있기 때문입니다.

그러니 제게 힘을 주세요.

제가 고민하고 있을 때
저는 걱정 가득한 눈빛과 무거운 어깨,
또 힘없는 무기력함과 지친 마음들로
세상과 사람들을 마주하게 될 것이고,
그것이 그들을 또한 아프게 할 것이기 때문입니다.

선한 마음.

선한 마음이 선한 마음에서 그치게 해주세요.

제가 선했던 건 제가 선하기 때문이며,

하여 그것은 그 자체로 저의 만족이기 때문입니다.

제게 감사해야 할 사람도, 제가 감사해야 할 사람도,

그래서 오직 저 자신밖에 없습니다.

제가 누군가에게 큰 공감과 이해를, 다정함과 사랑을 베풀었다면

그 자체로 그건 제가 저에게 감사해야 할 일이기 때문입니다.

왜냐면 세상엔 그런 마음을 품지 못한 채

인색함과 사랑 없는 불행의 지옥에 갇혀

영원히 행복을 모르는 채 살아가는 사람들도 많으며,

하지만 나는 그들과 달리 그럴 수 있는 사람이기 때문입니다.

그래서 그건 그 자체로 축복이자 감사해야 마땅한 일입니다.

제가 선하고 진실함으로써, 사랑함으로써

다른 누구도 아닌 저 자신이 행복한 사람이 되었기 때문입니다.

저 자신이 관대하고 사랑 가득한 사람이 되었기 때문입니다.

저 자신이 어제보다 더 나은 제가 되었기 때문입니다.

하여 제가 선했음에 감사하고 감사받을 수 있는 사람은

다른 누군가가 아니라 바로 저 자신입니다.

그래서 저는 제가 베풀었던 누군가가

저에게 감사하지 않는다고 해서 서운해하거나 실망하지 않습니다.

저는 이미 저 자신에게 감사를 받았으며,

그것으로 이미 원은 완성되고 순환되었기 때문입니다.

그러니 선했던 저 자신에게, 제가 감사합니다.

다른 누군가의 감사는 저의 몫이 아닙니다.

저는 저 자신의 선한 마음 덕분에

저 자신이 기쁘고 행복해졌음을 알기에 오직 나에게 감사합니다.

그리고 그것이 바로 다정함의 완성입니다.

맑은 시선.

제가 저의 뜻대로 판단하지 않게 해주세요.
제가 원하고 바라는 대로 되지 않았다고
타인을 미워하거나 속상해하고,
그렇게 내 뜻대로, 나의 입장으로만
타인을 바라보고 판단하지 않게 해주세요.
그건 사랑의 마음이 아니라 이기심이기 때문입니다.
그리고 여전히 제 마음 안에 그 이기심이 있다면
저는 결코 상대방을 진실하게 사랑할 수 없기 때문입니다.
그러니 제가 저의 뜻과 바람대로가 아닌,
상대방의 있는 그대로를 더욱 존중하게 해주시고,
그렇게 진실한 사랑을 향해 나아가게 해주세요.
내가 원하는 대로 되지 않았다고 불행해하는 것은
이 관계의 행복을 결코 지켜낼 수 없는
너무나 작은 마음의 그릇이기 때문입니다.
그러니 제가 제 기대와 바람이 아니라,
높은 뜻과 진실의 관점 안에서 가장 행복한 방향으로
이 관계와 세상을 바라보게 해주시고,
하여 이 관계의 행복을 제가 지켜낼 수 있게 해주세요.
그 지혜와 사랑의 시선으로 저를 안내해주세요.

오롯한 사랑.

의존 없이 사랑하게 해주세요.
제가 저의 행복을 제 존재의 근원이 아니라 외부에 둘 때,
저는 끝없이 의존하고 집착하게 될 것입니다.
그러니까 제가 여전히 자존감 없고 미성숙할 때,
저는 타인의 반응에 의해, 감정에 의해
불행했다 행복했다 하는 식의
의존적인 관계를 맺을 수밖에 없을 것이고,
해서 저는 더욱이 집착할 수밖에 없을 것입니다.
그리고 집착은 언제나 그렇듯,
불안과 두려움, 슬픔과 고통을 낳습니다.
그러니 제가 저 자신의 근원인 제 존재로부터 행복하게 해주세요.
그렇게, 오롯이 사랑하게 해주세요.
제가 안에서부터 채워졌을 때, 그때는 바깥의 그 무엇도
저의 행복과는 무관하다는 것을 알게 될 것이기 때문입니다.
왜냐면 저는 스스로 행복하기 때문입니다.
그래서 그때는 네가 내게 이래야만 내가 행복해질 거라는
그 모든 어두운 구름과 환상을 지나
비로소 빛과 사랑으로 상대방을 마주하게 됩니다.
그러니 제가 그 오롯한 사랑을 할 수 있게 해주세요.

인내심.

저에게 인내심을 주세요.
사랑은 늘 인내심과 함께하기 때문입니다.
그러니 섣불리 오해하고 판단하기보다
조금 더 기다려주고 이해하는 인내심을 제게 주세요.
그렇게 순간적인 감정을 다스리지 못해
상처를 주는 말과 행동을 하는 제가 되지 않게 해주세요.
제가 화를 내는 것도, 짜증을 내는 것도, 미워하는 것도,
그 모든 것이 제게 인내심이 부족한 탓입니다.
제가 타인보다 저를 더 중요하게 생각하는
그 이기적인 마음을 숭배하고 있는 탓입니다.
그러니 진정 사랑함으로써,
저의 입장과 저의 감정을 먼저 내세우기보다
더욱 기다리고 이해하는 인내심과 제가 함께하게 해주세요.
인내할 줄 아는 사람은 마음이 강한 사람입니다.
그리고 언제나 타인의 마음을 더 생각할 줄 아는
사려 깊고도 다정한 사람입니다.
그러니까 이 관계 안에서의 행복을 지킬 줄 아는 사람입니다.
그렇게 우리는 인내함으로써 사랑하고,
진정 사랑함으로써 더욱 사랑받는 사람이 됩니다.
그러니 저에게 무한한 인내심을 주세요.

인내할 줄 아는 사람은 마음이 강한 사람입니다.

그리고 언제나 타인의 마음을 더 생각할 줄 아는

사려 깊고도 다정한 사람입니다.

그러니까 이 관계 안에서의 행복을 지킬 줄 아는 사람입니다.

받아들임.

제가 기도하며 협상하기보다

그저 감사하고 축복하게 해주세요.

이렇게 해달라, 저렇게 해달라, 하는 식으로 조건을 걸고,

그렇게 해주면 믿겠다, 안 그러면 미워하겠다,

하는 식으로 협상을 하는 것은 기도가 아니기 때문입니다.

그건 그저 나의 이기심에 울부짖는 하나의 욕망에 불과합니다.

여전히 감사하지 못해 불평이 많고 바라는 게 많아

그 감사하지 못한 마음을 더욱 치켜세우는 욕망에 불과합니다.

진정한 기도는, 이기심과 부족함, 결핍이 아니라

내 마음의 진정한 주인인 사랑에게 하는 것이며,

하여 그때라야 당신이 제게 응답하시기 때문입니다.

왜냐면 당신이 사랑이기 때문입니다.

그러니 그저 그 사랑에 기대어 감사하고 축복하게 해주세요.

제가 진정 당신을 믿고 의지할 때 제가 할 수 있는 유일한 기도는

주님, 당신이 제게 주신 모든 것에 오직 감사드립니다.

라는 깊은 속삭임 외에 더 이상 할 기도가 없을 것입니다.

정말로 이 모든 것이 제가 거저 받은 것이기 때문입니다.

그러니 제게 주어진 이 모든 기적과 축복에,

제가 모쪼록 감사하게 해주세요. 받아들이게 해주세요.

감사함으로써 진정 누리는 자가 되게 해주세요.

침묵.

마음을 침묵하게 해주세요.

이런 걱정, 저런 걱정, 이런 원망, 저런 원망,

이 모든 마음의 생각들이 해낼 수 있는 것이란

그저 제 내면의 심란함을 더하는 일밖에 없습니다.

그러니 온전히 내려놓고 받아들임으로써

보다 위대하고 거룩한 내면의 근원으로서 제가 존재하게 해주세요.

지난 시간의 후회나 타인의 잘못을 곱씹는 것은

둘 모두에게 상처만을 주고 아프게만 할 뿐입니다.

하지만 그럼에도 좋아지는 것은 없습니다.

그것은 오직 아픔과 죄책감만을 더할 뿐입니다.

타인에게 원망을 쏟아내고 나서 제가 느낄 감정이란,

이 말도 했어야 했는데, 하는 분노이거나,

혹은 이 말은 하지 말았어야 했는데, 하는 죄책감,

오직 그 아픔과 불행밖에 없기 때문입니다.

그래서 저는 내려놓기로 합니다. 더 이상은 곱씹지 않기로 합니다.

그렇게, 온전히 받아들이기로 합니다.

그때, 제 마음은 침묵할 것이고, 하여 평화로울 것이며,

해서 그 다정함이 이전과는 달리

행복과 사랑을 창조할 것이기 때문입니다.

그리고 그것만이 진정한 힘이 있는 유일한 것이기 때문입니다.

내려놓음.

내려놓지 못하는 것이 아니라, 내려놓으려 하지 않는 것입니다.

제가 이것을 이해하게 해주세요.

해서 그걸 어떻게 내려놔, 하고 저항하지 않게 해주세요.

왜냐면 그 어떤 일이 일어났더라도,

그것이 인간적인 관점과 시선 안에서

정말로 용서하기 힘든 일일지라도,

그럼에도 불구하고 내려놓는다는 것은

오직 나 자신의 행복을 위한 일이기 때문입니다.

그래서 저는 기꺼이 내려놓길 원합니다.

푸하여 그것에 대한 도움을 당신께 청합니다.

끔찍한 과거를 붙드는 것은 저를 고통스럽게 합니다.

원망을 곱씹는 것 또한 저를 고통스럽게 합니다.

복수를 계획하며 끝없이 머릿속으로 누군가를 저주하는 생각 또한,

무엇보다 저 자신을 고통스럽게 합니다.

그러니 이제는 그것을 기꺼이, 흔쾌히 포기합니다.

그것에서부터 취하는 아주 작은 미묘한 거짓 기쁨을 포기합니다.

그보다 저는 더욱 큰 평화와 진정한 행복을 원합니다.

그러니 제가 저 자신의 평화와 행복을 완성하기 위해
이것을 기꺼이 내려놓을 수 있게 당신께서 저를 굽어 살펴주세요.
하여 저를 안내해주시고, 저를 이끌어주세요.

기쁨의 통로.

오늘 하루, 제가 기쁨의 통로가 되게 해주세요.

사람들이 저로 인해 예쁜 미소를 짓게 해주시고,

저의 다정한 눈빛으로 인해

자신이 소중하고 사랑스러운 존재임을 알고

더욱 사랑스럽고 행복 가득한 하루를 보내게 해주세요.

저로 인해 인상을 찌푸리기보다, 한숨을 쉬기보다,

공격과 방어를 주고받기보다, 슬퍼하기보다,

그러니까 진정 기쁨에 가득 찬 미소를 짓게 해주세요.

그렇게 제가 저 자신의 존재로부터 봉사하게 해주세요.

제가 더욱 다정하고 행복한 사람이 되면,

저는 자연스럽게 사람들을 그렇게 대하고 있을 것입니다.

그러니 저에게 사랑을 알려주시고,

제가 사랑 이외의 것들은 기꺼이 내려놓게 해주세요.

그렇게, 오직 기쁨의 통로가 되게 해주세요

저는 사랑함으로써 사랑받고

타인을 기쁘게 해줌으로써 제가 기쁨에 젖고,

그러니까 결국 내가 주는 것은 내가 받는 것이기 때문입니다.

우리는 모두 하나이기 때문입니다,

제가 더욱 다정하고 행복한 사람이 되면,
저는 자연스럽게 사람들을 그렇게 대하고 있을 것입니다.
그러니 저에게 사랑을 알려주시고,
제가 사랑 이외의 것들은 기꺼이 내려놓게 해주세요.
그렇게, 오직 기쁨의 통로가 되게 해주세요.

복수심.

제가 복수심을 품지 않게 해주세요.

그 어떠한 복수도 복수라는 의도 자체로 이미 선하지 않으며,

하여 정당화할 수 없기 때문입니다.

누군가가 제게 잘못한 것이 있다면,

그래서 저는 그 사람에게 복수하기보다

그 사람을 용서하고 연민 어리게 바라보길 선택합니다.

왜냐면 그 사람은 결국 그가 꾸준히 선택하고 있는

선하지 않은 의도와 미성숙한 마음, 행동들로 인해

그 자신이 가장 불행할 것이며,

또한 내가 굳이 미워하지 않아도 세상과 사람들이

그를 미워하고 비난할 것이며,

하여 저에겐 보탤 것이 더 이상 없기 때문입니다.

그래서 그렇게 존재하고 있다는 것 자체로

그는 불행하고 불쌍한 사람입니다.

그러니 저는 저의 행복을 지켜냅니다.

마음의 평화를 지켜내길 선택합니다.

다만, 그러기 위해 그 사람을 용서하고 사랑하되,

안타깝게 여기고 연민 어린 시선으로 바라보되,

그 사람과 더 이상 함께하지는 않을 것입니다.

그것이 지혜이며, 저 자신의 평화를 지키기 위한

저를 향한 다정함과 사랑이기 때문입니다.

제가 온전하지 않은 사람과 함께할 때,

그는 끝없이 제게 용서할 거리를 가져다줄 것이며,

하여 제 마음의 평화와 사랑을 끝내 고갈시킬 것이기 때문입니다.

초원에 있는 늑대를 사랑스럽게 바라보지만,

그 늑대에게 결코 손을 내밀지는 않는 것처럼,

저에게는 저의 평화와 사랑을 지킬

저 자신에 대한 책임과 의무가 있기 때문입니다.

그러니 다만, 복수심에서부터 저를 구원하소서.

그리고 다만, 제가 저 자신을 시험에 빠지게 하지 마옵소서.

다만, 그러기 위해 그 사람을 용서하고 사랑하되,
안타깝게 여기고 연민 어린 시선으로 바라보되,
그 사람과 더 이상 함께하지는 않을 것입니다.

제가 온전하지 않은 사람과 함께할 때,
그는 끝없이 제게 용서할 거리를 가져다줄 것이며,
하여 제 마음의 평화와 사랑을 끝내 고갈시킬 것이기 때문입니다.

선한 주제.

사람들과 함께하며 대화를 할 때

제가 선하고 좋은 주제를 가지고 대화를 이끌어가게 해주세요.

때로 우리는 침묵이 두려워 대화하고,

또 상대방의 어색함을 배려하기 위해 대화하곤 합니다.

하지만 또한 우리는 그렇게 시작한 대화 안에서

자주 누군가의 안 좋은 이야기를 하고,

또 상대방에게 그러한 주제를 통해

안 좋은 반응과 감정을 이끌어내기도 합니다.

그러니까 제가 누가 그랬다더라, 라고 말을 꺼내면

상대방은 그것에 대한 비난을 하기 시작하는 식입니다.

그러니 제가 상대방이 비난할 만한 주제로 대화하기보다,

그렇게 상대방의 마음에 분노와 불행을 심어주기보다,

오직 선하고 좋은 주제를 통해 대화하게 해주세요.

그렇게, 상대방의 마음과 저 자신의 마음에

기쁨과 사랑을 가득 채우는 온전한 저로서 존재하게 해주세요.

저의 평화로써 저는 상대방의 평화를 지켜주고,

또 상대방의 평화를 지켜줌으로써 제가 평화로워지기 때문입니다.

그리고 그것이 바로 다정한 관계입니다.

그러니 제가 이 관계 안의 다정함을

더욱 진실한 책임감으로 지켜낼 수 있게 해주세요.

힘든 순간일수록.

힘들고 고통받는 순간일수록 제가 더 다정하게 해주세요.
제가 행복하고 편안할 때만 다정한 것은
진정한 사랑도, 진정한 행복도 아니기 때문입니다.
하지만 어렵고 복잡한 순간일수록, 두렵고 고통받는 순간일수록
우리가 더욱 다정하고자 마음먹으며 나아갈 때,
그것은 진정으로 빛나는 사랑이며
내 존재의 수준을 완성하고 확정 짓는 다정함입니다.
그러니 제가 외부의 그 어떤 상황 안에서도
꿋꿋이 행복하고, 단단히 사랑할 수 있게 해주세요.
그 다정함을 완성하기 위한 기회로써 저를 찾아온
지금의 이 아픔이라는 선물 앞에서
제가 흔들림 없이 용서하고, 사랑하고, 이해하고,
하여 반드시 다정함으로써 이 선물을 끌어안게 해주세요.
그렇게 저는 저의 성숙과 사랑을 완성합니다.
제 완전한 행복을 완성하기에 이보다 좋은 기회는 없습니다.
그래서 지금 이 순간은 사실 더할 나위 없는 선물입니다.
그러니 저에게 주어진 이 성숙의 선물 앞에서
제가 오직 감사함으로써 나아가게 해주세요.
오직 다정하길 선택함으로써 그 선물을 가득 받게 해주세요.

내면의 아름다움.

제가 문제의 원인을 외부에서 찾기보다
저의 내면에서부터 찾고,
하여 지금의 시련을 통해 제 마음을
보다 예쁘고 아름답게 변화시킬 기회를 얻게 해주세요.
제가 자주 겪는 문제들은
사실 제 내면의 성향이 그것을 끌어당겨 생긴 일이며,
하여 제가 비로소 제 마음을 바라보고 점검할 때
저는 더 이상 전과 같은 일들을 반복해서 겪거나
혹은 계속해서 같은 자리에 머무른 채
외부를 탓하고 원망하는 식의
미성숙에 머무르지 않게 될 것이기 때문입니다.
그러니 제가 문제를 탓하고 원망하기보다
나의 무엇이 이 문제를 끌어당겼는지를 살피고 점검해보는
그 겸손한 지혜를 통해 배우며 나아가게 해주세요.
제가 모든 문제의 원인을 외부에서 찾을 때,
제 마음 안에는 탓함과 원망만이 가득 찰 것이며,
하여 저는 여전히 전과 같이 아름답지 않을 것이기 때문입니다.
하지만 제가 제 마음을 바라보고 점검할 때
지금의 이 시련은 제가 보다 아름다워질 계기가 됩니다.
이 모든 것이 저를 성숙시키기 위해 찾아온 선물이 됩니다.

그래서 저는 이제는 내면의 성숙을 선택하기로 결심합니다.

그렇게 저는,

지금을 통해 더욱 예쁘게 빛나는 사람이 될 것입니다.

그러니 제가 지금에서부터 배우고 성숙하게 해주세요.

그렇게 지금의 시련을,

내면의 아름다움을 지닐 기회이자 선물로 여기게 해주세요.

사랑의 뜻.

제가 태어나 존재하는 유일한 이유와 목적이
오직 사랑에 있음을 잊지 않게 해주세요.
하여 저의 행동, 저의 말, 저의 손과 발,
그 모든 것을 오직 사랑을 위해 사용하게 해주세요.
미워하고, 이용하고, 상처주고, 욕망하고, 아프게 하는 것,
그래서 이제 저는 그 모든 사랑이 아닌 태도를 내려놓습니다.
사랑하고 사랑받기 위해 태어나 존재하고 있는 저이기에,
저는 이제 저에게 주어진 그 유일한 역할과 기능에 맞추어
저 자신을 오직 사랑의 통로로만 사용하고자 합니다.
하여 저의 말과 행동은 사랑의 향기를 내뿜습니다.
사랑이 아닌 그 무엇을 위해서도 저는
저 자신의 몸과 마음을 헌신하지 않겠다고 다짐합니다.
우리는 사랑함으로써 구원받고,
사랑함으로써 행복에 이르기 때문입니다.
그러니 이제는 망설일 시간이 없습니다.
오직 사랑하고, 사랑에 의해 행동하고, 사랑을 담은 말을 하고,
그렇게 저라는 존재 자체가 사랑이 되도록
저는 매 순간을 그 사랑을 위해 전념하며 나아가겠습니다,
그러니 제가 그럴 수 있게
언제나 저를 지켜주고, 안내해주고, 이끌어주세요.

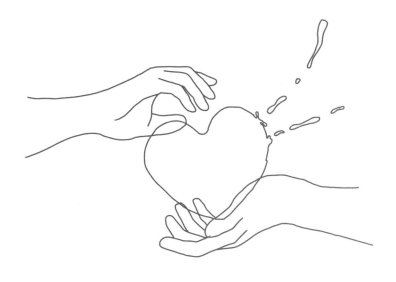

미워하고, 이용하고, 상처주고, 욕망하고, 아프게 하는 것,
그래서 이제 저는 그 모든 사랑이 아닌 태도를 내려놓습니다.
사랑하고 사랑받기 위해 태어나 존재하고 있는 저이기에,
저는 이제 저에게 주어진 그 유일한 역할과 기능에 맞추어
저 자신을 오직 사랑의 통로로만 사용하고자 합니다.

연민과 용서.

제가 연민 어린 시선으로 세상을 바라보게 해주세요.

사람들의 실수와 약점 앞에서

그들을 탓하고 비난하기보다 연민을 품을 수 있게 해주세요.

우리는 모두 완전하지 않아 이곳에 태어났으며,

하여 완전하지 않아 그 완전함을 향해 나아가고 있으며,

그러니까 그것이 그 자체의 아름다움이자 완전함이기 때문입니다.

그래서 저는 오직 용서하는 마음으로 세계를 마주하고자 합니다.

용서조차도 환상이라는 것을 알게 되는 순간까지,

사실 이 세상에 용서할 수 있는 것은

내 마음과 시선, 지각밖에 없다는 것을 알게 되는 순간까지,

저는 절대적으로 용서하고자 하는 의도를 지켜내고자 합니다.

그리고 저는 그 연민과 용서의 태도를 통해

사실은 저 자신의 순수함과 아름다움을 되찾습니다.

왜냐면 결국 제가 용서하는 것이란

오직 저 자신의 왜곡된 지각과 시선, 마음이며,

하여 제가 비로소 용서를 완성할 때, 그때에 이르러서야 저는

있는 그대로의 아름다운 세계를 마주하게 될 것이기 때문입니다.

무엇보다 이미 저 자신부터가 완전하지 않으며,

이미 저 자신부터가 너무나도 많은 실수를 해왔습니다.

그래서 저는 타인을 용서함으로써 저 자신을 용서합니다.

우리 인간의 한계와 무지에 대해서

오직 연민을 품은 채 연민 어린 시선으로 바라봅니다.

그러니 제가 미워하고 비난하기보다

오직 이해함으로써 이해받고, 용서함으로써 용서받게 해주세요.

왜냐면 결국 제가 용서하는 것이란

오직 저 자신의 왜곡된 지각과 시선, 마음이며,

하여 제가 비로소 용서를 완성할 때, 그때에 이르러서야 저는

있는 그대로의 아름다운 세계를 마주하게 될 것이기 때문입니다.

무엇보다 이미 저 자신부터가 완전하지 않으며,
이미 저 자신부터가 너무나도 많은 실수를 해왔습니다.
그래서 저는 타인을 용서함으로써 저 자신을 용서합니다.
우리 인간의 한계와 무지에 대해서
오직 연민을 품은 채 연민 어린 시선으로 바라봅니다.

따뜻한 마음.

타인의 행복을 지지하고 염려하는 따뜻한 마음이

제가 삶을 살아가는 매 순간 저와 함께하게 해주세요.

그래서 저는 타인의 행복을 시기하거나 질투하기보다,

또는 타인의 행복 앞에서 인색해진 채

타인을 가혹하게 대하며 타인을 더욱 불행하게 만들기보다,

오직 타인이 저로 인해 더욱 행복할 수 있도록 보살핍니다.

그리고 타인이 행복해졌음에 오직 감사하고 행복해할 줄 아는

그 사랑의 마음을 또한 키워가고 배워가고자 합니다.

그러면서도 그 균형 앞에서 언제나 적절하며 진실하고자 합니다.

그러니까 결코 순진하지는 않을 수 있는 지혜로 나아가고자 합니다.

저에게는 저의 이타심으로, 저의 따뜻한 마음으로

타인을 이기적으로 만들 권리는 전혀 없기 때문입니다.

그래서 저는 타인의 이기심에 저를 헌신하지는 않습니다.

타인을 기쁘고 행복하게 하되,

때로 당신이 저의 그릇되고 무분별한 요청 앞에서

저의 행복을 위해 오직 침묵하시는 것을 선택하듯

저 또한 때로는 침묵할 것이며, 그 침묵에서부터 오는

타인의 서운함 앞에서 또한 꿋꿋할 것이며 그것을 감내할 것입니다

그렇게, 저를 통해 타인이 진실한 행복에 닿을 수 있게 해주세요.

저의 다정함이, 타인의 이기심이 아니라

타인의 진정한 행복과 복지에, 그들의 온전한 마음에

이바지할 수 있도록 저에게 따뜻한 지혜를 주세요.

그렇게 저는 타인을 행복하게 해줌으로써 제가 행복해집니다.

그래서 그것은 그 자체로 이미 제가 받은 선물입니다.

온전함.

제가 언제나 온전함과 함께하게 해주세요.

우리는 때로 우리 자신의 사적인 이득을 위해

온전함을 저버린 채 선하지 않은 입장들을 가집니다.

나의 이득에 부합하지 않는다며 누군가를 미워하기도 하며,

나의 이득에 부합하지 않는다며 진실을 외면한 채

뻔히 거짓된 것임을 알면서도 거짓의 편을 들기도 합니다.

그리고 그 모든 것이 무지에서 비롯된 것입니다.

왜냐면 저 자신의 진정한 이득, 진정한 보물이 되는 것은

바로 제가 진실한 사람이 되는 것이며,

선한 의도와 함께 온전한 사람이 되는 것이며,

하여 진정 행복한 사람이 되는 것인데.

제가 그 진실을 외면한 채 제 눈을 스스로 가릴 때,

저는 불행과 거짓 속에 저의 행복을 투사한 채

그것이 저에게 가장 큰 이득이 되는 것이라 스스로를 설득하며

저 자신을 불행하게 만드는 거짓을 이득과 행복이라 믿고 선택하는

그 오류와 무지를 비로소 저지르게 되기 때문입니다.

그러니 제가 온전함으로 나아가게 해주세요.

제가 누릴 수 있는 영원한 행복과 성숙을 이 아무것도 아닌

거짓 이득과 가짜 행복에 헌신하지 않게 해주세요.

제가 이 진실을 분명하게 알 때,

저는 제 온전함을 지켜내는 일 앞에서 고민이 없을 것입니다.

그러니 제 마음 안에 오직 진실의 빛을 채워주세요.

하여 제가 행복 앞에서 더 이상 길을 잃지 않도록 해주세요.

완전한 보호.

제가 완전한 보호 아래에 있게 해주세요.

그리고 그 보호란, 바로 사랑이란 이름의 보호입니다.

제가 진정으로 저 자신을, 그리고 타인을 사랑할 때

저는 타인의 부정적이고 악의적인 공격 앞에서

휩쓸리기보다 오직 꿋꿋할 것이며,

하여 여전히 순수한 마음을 지켜낼 수 있을 것이기 때문입니다.

그러니 저는 분노 앞에서 분노로, 불친절 앞에서 불친절로,

미움 앞에서 미움으로, 비웃음 앞에서 비웃음으로 대응하기보다

오직 용서와 사랑의 마음과 시선으로 그것들을 마주합니다.

그때, 저는 여전히 평화로울 것이며

하여 외부의 모든 것 앞에서 완전한 보호를 얻게 될 것입니다.

그렇게 저는 저 자신의 완전한 평화로써

세상의 평화와 사랑을 고취시키고 지켜주며,

또 세상의 아름다움을 지지하며 그것에 기여할 것입니다.

그것을 해낼 수 있는 오직 유일한 것이 바로

사랑이라는 거룩한 이름의 마음이기 때문입니다.

그러니 제가 오직 사랑으로써 보호받으며

사랑으로부터 보호받으며, 사랑함으로써 보호받게 해주세요.

무엇보다 저 자신의 행복과 평화를 위해서 그렇게 합니다.

제가 진정으로 저 자신을, 그리고 타인을 사랑할 때

저는 타인의 부정적이고 악의적인 공격 앞에서

휩쓸리기보다 오직 꿋꿋할 것이며,

하여 여전히 순수한 마음을 지켜낼 수 있을 것이기 때문입니다.

판단.

판단을 내려놓게 해주세요.

제가 판단할 때 제가 얻는 것이라고는

분리와 미움, 갈등과 정당화, 오만과 우월감밖에 없습니다.

하지만 제가 판단을 내려놓을 때

저는 완전한 평화와 행복을 경험하게 됩니다.

무한한 자유와 사랑을 느끼게 됩니다.

그러니 제가 판단하기보다

있는 그대로의 세계를 바라보게 해주세요.

저는 아무것도 알지 못한다는 겸손함이

제 모든 판단을 대체하게 해주시고,

하여 제가 그 겸손으로부터 보호받게 해주세요.

진정으로 저는 아무것도 알지 못합니다.

그러니 제가 안다고 생각하는 그 오만으로부터

저를 구원해주시고 그보다 높은 지혜를 가르쳐주세요.

그렇게, 제 마음이 평화와 함께하게 해주세요.

진정으로 저는 아무것도 알지 못합니다.
그러니 제가 안다고 생각하는 그 오만으로부터
저를 구원해주시고 그보다 높은 지혜를 가르쳐주세요.

무기력함.

제 삶 안에 행복과 기쁨을 채워 넣어주세요.
그렇게 제 가슴이 환희로 뛰게 해주시고
제 입가에는 생명력 가득한 미소가 피어나게 해주세요.
그러니까 제가 무기력과 나태함 앞에서 지쳐 쓰러진 채
더 이상은 이 소중한 삶의 빛을 잃지 않게 해주세요.
그저 제가 오늘 하루 안에서 기쁨으로 가득할 때,
그래서 제가 행복에 겨워 하루를 보낼 때,
저는 그 행복으로써 사람들에게 또한 행복을 줍니다.
하지만 제가 무기력에 빠져 지쳐 있을 때,
저의 무기력은 사람들에게 또한 불행을 줍니다.
결국 우리는 다른 무엇인가가 아니라
우리의 존재로부터 사람들에게 영향을 주기 때문입니다.
그러니 제가 지금 이 순간 행복함으로써
사람들에게 또한 행복의 빛을 심어주게 해주세요.
빛나는 눈과 뜨거운 가슴과 에너지 넘치는 기분으로
저와 함께하는 모든 이들이 기쁨의 강에 빠지게 해주세요.
무기력은 우울을 낳고, 불행을, 절망을 낳을 것이지만
행복은 기쁨과 사랑, 생명과 희망을 낳을 것입니다.
그래서 저는 오늘 하루, 저의 행복으로 봉사합니다.

결국 우리는 다른 무엇인가가 아니라
우리의 존재로부터 사람들에게 영향을 주기 때문입니다.

변화.

변할 것이 있다면
이미 당신께서 변화를 창조했을 것입니다.
그러니 제가 세상을 바라보는 방식이
저의 뜻과 저의 이기심, 저의 판단 대로가 아니라
당신이 원하는 대로와 일치하게 해주세요.
하여 세상과 타인이 이렇게 변했으면 좋겠다,
저렇게 변했으면 좋겠다, 하고 바라고 소원하기보다
그들이 그들인 대로, 그들의 식대로 존재함을
있는 그대로 받아들이고 존중할 수 있게 이끌어주세요.
그것을 인정하고 허용함으로써 평화를 얻는 것은
다른 누군가가 아니라 바로 저 자신이기 때문입니다.
그러니 모든 것이 당신의 뜻대로 되고 있음을,
하여 변해야 할 세상과 사람은 없음을 제가 받아들인 채
그들의 있는 그대로를 더욱 바라보게 해주세요.
때로 너무나도 멀리 벗어난 사람도 있습니다.
하지만 그조차 당신의 뜻이라면 저는 받아들이겠습니다.
그들에게는 그들 자신만의 세계 안에서의 성숙이 있으며,
하여 그들의 성숙과 나아감 또한 기꺼이 존중하겠습니다.

그렇게 저는 세상을 바꾸려고 하기보다

저 자신의 세상을 바라보는 방식을 변화시켜나가며

저 자신의 사랑과 평화를 더욱 키워갑니다.

판단과 변화를 향한 강요가 아니라

그 사랑과 평화로써 세상의 예쁜 변화를 지지합니다.

세상을 바꿀 수 있는 오직 유일한 것은

통제와 강요가 아니라 선한 모범과 말 없는 인내,

그 진정한 사랑밖에 없다는 것을, 그렇게 알아가고자 합니다.

관계.

싸우고, 통제하고, 헐뜯고, 조종하고,

내 뜻대로 되길 바라고, 강요하고, 집착하고, 압박하고,

저는 이제는 그러한 관계에서 벗어나고자 합니다.

그러니까 이제는 서로가 서로를 존중하고, 이해하고, 사랑하고,

힘과 힘을 주고받기보다 다정함과 다정함을 주고받고,

하여 서로의 행복과 평화를 지지하는 그런 관계를 맺고자 합니다.

성숙하기 위해 태어나 성숙하기 위해 살아가고 있는 저에게

성숙하지 않은 태도를 끝없이 선택하며 서로를 마주하는 관계는

더 이상은 아무런 의미도 가치도 없기 때문입니다.

그러니 제가 관계 안에서의 성숙을 추구하게 해주세요.

또한 그러한 성숙을 추구하는 사람과 함께하게 해주세요.

그렇게 제가 아름다움에 흠뻑 젖은 빛이 나는 사랑을 하며

이 삶에 태어나 존재하고 살아가는 이유와 목적을

함께 공유하고 나눌 수 있는 그런 관계를 향해 나아가게 해주세요.

하지만 제가 그러한 방향을 아무리 추구한다고 해도

상대방에게 그러한 방향을 추구하고자 하는 마음이 없다면

그 관계는 끝내 빛을 잃은 채 어둠으로 추락하기 마련일 것입니다.

그러니 빛을 향해 나아가며 성숙하는 그러한 아름다운 사랑을

둘 모두가 지향하고 있는 그런 둘이서 함께하게 이끌어주세요.

그렇게 분리되기보다 하나 되고, 어둡기보다 빛나며,

하여 둘이 함께함으로써 각자로 존재할 때보다 더욱 행복한,

그런 예쁜 빛과 함께하는 사랑을 할 수 있게 당신께서 지켜주세요.

그것만이 함께하는 의미가 있는 관계이자 사랑이기 때문입니다.

더 이상 미성숙하게 머무르며 존재하기에

제 삶은 너무나도 소중하며 가치 있는 삶이기 때문입니다.

시련.

지금의 시련이 사실은 저를 위한 선물임을 알게 해주세요.

우리는 언제나 선택하며 살아가고,

또한 그 선택에 대한 책임을 지며 살아갑니다.

그리고 우리는 오직 다른 선택, 더 좋은 선택을 할 의무를

우리 자신의 진정한 존재에게 빚지고 있을 뿐입니다.

그래서 시련은 여태 우리가 선택해왔던 것의 결과이며,

하여 그 선택을 변화시킬 가장 좋은 기회이자 계기입니다.

그러니 이 시련을 통해 제가 지난 시간을 돌아보고

앞으로의 더 나은 삶을 위한 선택을 배우게 해주세요.

그렇게 저 자신의 진정한 존재에게 빚진

더욱 행복하고 다정한 사람이 될 의무를 갚을 수 있게 해주세요.

우리가 시련의 뜻과 의미를 이런 식으로 제대로 이해할 때,

시련은 더 이상 우리에게 시련으로 다가오지 못할 것입니다.

그러니 지금의 이 선물을 제가 기쁘게 받게 해주시고,

선물을 진정 선물로 여긴 채 바라보고 사용하게 해주세요.

그렇게 이제는 이전과는 다른 것들을 선택합니다.

하여 더욱 사랑이 되고, 더욱 다정한 제가 될 것입니다.

그렇게 진정한 존재의 본질에 닿아 비로소 행복하기로 결정합니다.

우리는 언제나 선택하며 살아가고,
또한 그 선택에 대한 책임을 지며 살아갑니다.
그리고 우리는 오직 다른 선택, 더 좋은 선택을 할 의무를
우리 자신의 진정한 존재에게 빚지고 있을 뿐입니다.
그래서 시련은 여태 우리가 선택해왔던 것의 결과이며,
하여 그 선택을 변화시킬 가장 좋은 기회이자 계기입니다.

예쁜 감정.

제가 예쁜 감정과 함께 말하게 해주세요.

화를 담은 말은 사람들에게 상처를 줄 것이며,

또 제가 이미 화가 났을 때, 그때의 저는

그 화를 제대로 통제할 수가 없게 된 채일 것입니다.

그래서 그때의 저는 한바탕의 화가 지나간 후에

후회와 죄책감과 함께하게 될 수밖에 없습니다.

왜냐면 그것은 저의 진심이 아니었기 때문입니다.

제 마음 깊숙한 곳에서부터 나온 진심이 아니라,

저의 의지와 통제력을 완전히 벗어난 분노에 의해서,

오직 그 순간의 분노에 의해서 제 입 밖으로 튀어나온

반드시 후회하게 될 감정의 폭발이었을 뿐이기 때문입니다.

하지만 이미 그것을 되돌리기에,

상대방은 저의 말을 듣고 이미 잔뜩 상처를 받은 채입니다.

그러니 제가 늘 차분하고도 다정하게 말하게 해주세요.

우리는 할 말이 있더라도 분노 없이 말할 수 있으며,

또 그렇게 말하는 것만이 또렷한 진심이기 때문입니다.

하여 제가 상처 주기보다 행복을 전해줄 수 있기를.

저의 예쁜 감정으로 사람들에게 예쁜 기분을 전해주기를.

다정함을 담지 않은 말이라면 차라리 하지 않을 수 있기를.

그렇게 저 자신과 제 곁을 온전히 지켜낼 수 있기를.

우리는 할 말이 있더라도 분노 없이 말할 수 있으며,
또 그렇게 말하는 것만이 또렷한 진심이기 때문입니다.

한계.

저는 저의 한계를 넘어서기 위해 지금 이곳에 서 있습니다.
지금의 아픔은 그래서 제가 이전의 제 모습들을 돌아봄으로써
보다 나은 선택, 성숙한 선택을 하기 위한 계기이며,
그러니까 오직 그 목적 하나로 저는 지금을 마주하게 된 것입니다.
그러니 제가 여전히 이기적이기보다, 여전히 원망하기보다,
여전히 남 탓을 하기보다, 여전히 거짓을 선택하기보다,
이제는 이해와 사랑을, 용서와 연민을,
진실과 정직을, 그 모든 성숙의 태도를 선택하게 해주세요.
왜냐면 제가 여전히 이전과 같이 그대로일 때,
저는 이 아픔을 결코 극복해내지 못할 것이기 때문입니다.
우리는 오직 전과 다른 것을 선택함으로써
우리 자신의 관성과 지난 습관, 그 한계를 극복할 때만,
그렇게 우리 자신의 수준을 드높인 채 성숙할 때만
우리에게 주어진 아픔을 진정으로 초월할 수 있기 때문입니다.
그러니 지금 제가 이곳에 서 있는 유일한 이유와 목적인
저 자신의 성숙을 완성하며 나아갈 수 있게 해주세요.
어제와는 달라야 합니다. 그래야만 지나갑니다.
그러니 제가 더 이상 후회와 자책, 원망과 분노의 늪 안에서 헤매며
저의 소중한 시간을 낭비하지 않을 수 있게 해주세요.
그렇게, 제가 지금을 딛고 더욱 예쁘게 빛나게 해주세요.

왜냐면 제가 여전히 이전과 같이 그대로일 때,
저는 이 아픔을 결코 극복해내지 못할 것이기 때문입니다.
우리는 오직 전과 다른 것을 선택함으로써
우리 자신의 관성과 지난 습관, 그 한계를 극복할 때만,
그렇게 우리 자신의 수준을 드높인 채 성숙할 때만
우리에게 주어진 아픔을 진정으로 초월할 수 있기 때문입니다.

습관.

제가 지금 선택하고 있는 것이 바로
저 자신의 존재를 빚고 완성하는 저의 습관입니다.
그러니 제가 오늘 행복을, 평화를, 사랑을 선택하게 해주세요.
지금 이 순간 우리는 오직 선택할 기회를 가지고 있습니다.
그래서 지금 이 순간은 변화를 위한 선물입니다.
그러니 제가 이전과는 다른 선택을 함으로써
이제는 저 자신의 새로운 습관을 만들게 해주세요.
오늘 다른 것을 선택하면, 내일도 저는
그 선택을 쉽게 할 수 있게 되며, 그렇게 몇 번 더 선택하면
이제 그것은 저 자신의 진정한 소유가 됩니다.
모든 선택에는 관성이 있기 때문입니다.
그러니 제가 미움 대신에 용서를, 판단 대신 이해를,
인색함 대신에 사랑을, 분노 대신에 평화를,
곱씹음 대신에 내려놓음을 선택하게 해주세요.
그렇게 저는 변화를 선택하고, 변함으로써 행복해집니다.
사랑이 되고, 행복이 되고, 평화가 되고,
그 모든 것이 저 자신의 본질이자 존재가 됩니다.
그러니 이전의 모든 선택들이 만들어낸 지금의 제가
앞으로는 더 예쁘고 사랑스러운 선택들을 하게 해주시고,
하여 그 모든 선택으로 인해 부디 아름답게 빛나게 해주세요.

오늘 다른 것을 선택하면, 내일도 저는
그 선택을 쉽게 할 수 있게 되며, 그렇게 몇 번 더 선택하면
이제 그것은 저 자신의 진정한 소유가 됩니다.
모든 선택에는 관성이 있기 때문입니다.

지금 이 순간.

제가 오직 지금 이 순간을 살아가게 해주세요.

지금 이 순간은 아무런 문제도 없기 때문입니다.

제 마음의 평화를 방해하는 것은 언제나

미래나 과거에 대한 저 자신의 집착일 뿐입니다.

과거에 대한 미움도, 후회도,

미래에 대한 걱정도, 불안함도,

그래서 그 모든 것을 통제하고자 하는 시도에서부터

저는 저 자신을 구원하기로 합니다.

오직 완전하게 지금 이 순간을 살아갈 때,

그 무엇도 저의 평화와 행복을 해할 수 없기 때문입니다.

만약 제가 몇 시간 뒤에 죽음을 맞이한다고 해도,

지금 이 순간에는 아무런 문제가 없습니다.

1초 뒤의 지금 이 순간에도 아무런 문제가 없습니다.

지금 이 순간은 언제나 완전하며, 완벽합니다.

그러니 제가 그것을 이해하고 받아들일 수 있게 해주세요.

하여 오직 이 순간을 살아가게 해주세요.

그렇게, 완전한 평화와 행복을 지켜낼 수 있게 해주세요.

만약 제가 몇 시간 뒤에 죽음을 맞이한다고 해도,
지금 이 순간에는 아무런 문제가 없습니다.
1초 뒤의 지금 이 순간에도 아무런 문제가 없습니다.
지금 이 순간은 언제나 완전하며, 완벽합니다.

뜻.

제 마음과 생각을 높으신 뜻 앞에 내려놓습니다.

저는 저의 진정한 필요를 알지 못하지만,

당신은 그것을 아시며 살피시니

그 높으신 뜻 아래에 제 모든 원함을 믿음으로 내맡깁니다.

그러니 제 뜻이 아니라 당신의 뜻대로 하세요.

그리고 그 뜻이 또한 저의 뜻이 될 수 있게

저에게 끝없는 겸손함과 지혜를 가르쳐주세요.

제가 저의 걱정을 당신에게 드릴 때,

저를 사랑하는 당신께서 저 대신 저를 걱정하실 것을 알기에

저는 걱정하지 않으며,

또한 걱정하지 않는 것의 두려움에 대해서도 걱정하지 않습니다.

당신께서 오직 채워주실 것이며,

저에게 필요한 모든 것들을 제공해주실 것입니다.

그리고 그것이야말로 진정한 헌신이자, 순종이자,

내려놓음이자, 받아들임이자, 믿음이자, 감사이자, 사랑입니다.

그러니 당신의 뜻대로 저를 사용하여 주세요.

오직 높으신 당신께 모든 영광이 있기를.

그러니 제 뜻이 아니라 당신의 뜻대로 하세요.
그리고 그 뜻이 또한 저의 뜻이 될 수 있게
저에게 끝없는 겸손함과 지혜를 가르쳐주세요.

우유부단함과 용기.

저에게 꼭 해야 할 말과

하지 않아도 될 말을 구분하는 지혜를 주세요.

꼭 해야만 할 말을 우유부단함과 두려움 때문에 주저한 채

끝내 그 용기를 내지 못해 전전긍긍하지 않을 수 있게 해주시고,

또 하지 않아도 될 말을

분노와 증오 때문에 하게 되는 실수를 저지르지 않게 해주세요.

그러니 그것을 구분하는 분명한 지혜와,

그것을 판단하는 온전함이 저와 함께하게 해주세요.

그렇게,

제게 온전하지 않은 것들을 거절할 수 있는 용기를 주시고,

반대로 저 자신이 온전하지 않을 때는

그 온전하지 않음을 제가 스스로 잘 다스릴 수 있게

다정한 마음과 진실한 판단력이 늘 저와 함께하게 해주세요.

그 마음이 저의 관계를 더욱 지켜줄 것이고,

또 관계 안에서의 제 마음과 상대방의 마음을

더욱 지켜주고 선한 방향으로 이끌어줄 것임을 알기에

이렇게 청하고 기도드립니다.

꼭 해야만 하는 말은 다정하게 말하는 사람,

하지 않아도 될 말은 다정하게 넘어가는 사람,

그런 사람이야말로 진정 빛과 함께하는 사람이기 때문입니다.

꼭 해야만 하는 말은 다정하게 말하는 사람,
하지 않아도 될 말은 다정하게 넘어가는 사람,
그런 사람이야말로 진정 빛과 함께하는 사람이기 때문입니다.

원한.

제가 누군가에게 원한을 품지 않게 해주세요.

왜냐면 원한을 품는 것의 희생자는

다름 아닌 오직 저 자신이 될 수 있을 뿐이기 때문입니다.

우리는 누군가를 미워함으로써 그에게 복수를 하고자 하며

또 그 복수를 완성함으로써 행복할 수 있다고 믿지만,

사실 그로 인해 가장 고통받을 사람이 바로 우리 자신이며,

하여 그 원망을 내려놓을 때

가장 큰 행복을 선물 받는 것도 바로 우리 자신입니다.

그러니 이제는 원망의 노예 상태에서 구원받길 소원합니다.

그렇게, 저 자신을 스스로 아프게 하고 희생시키기보다

저 자신을 스스로 아끼고 사랑하는 마음으로 저에게

예쁜 행복과 평화를, 그 가벼운 마음을 선물하고자 합니다.

그동안 저는 충분히 고통받았고, 충분히 힘겨웠습니다.

그러니 이제는 해방될 때입니다.

하여 저 자신의 행복을 위한 선택을

더 이상은 헷갈려 하며 머뭇거리지 않을 것입니다.

하지만 그럼에도 만약 제가 또다시 길을 잃은 채

스스로 불행하길 선택하고자 한다면 당신이 살펴주세요.

저의 진정한 행복을 위한 길을 안내해주세요.

당신이 함께할 때, 저는 결코 길을 잃지 않을 것입니다.

왜냐면 원한을 품는 것의 희생자는
다름 아닌 오직 저 자신이 될 수 있을 뿐이기 때문입니다.

예배.

제 하루가 그 자체로 기도이자 예배가 되게 해주세요.

그렇게, 제 모든 행동, 말, 숨결이

당신께 바치는 제물이자 선물이 되게 해주세요.

하여 제 하루가 사랑의 하루이자, 축복의 하루가 되게 해주세요.

그렇게, 많은 사람들에게 선물이 되는 하루가 되게 해주세요.

그러기 위해 저 자신의 사적인 의지를 더욱 내려놓고 포기함으로써

보다 높은 뜻과 의지, 사랑을 위해 제가 저를 헌신하게 해주세요.

진정한 행복은 제 사적인 마음이 충족되었을 때 오는

한계 있는 잠깐의 즐거움이 아니라,

그 모든 것을 초월한 그 자체의 평화이자 기쁨이기 때문입니다.

무엇을 하든, 무엇을 하지 않든, 그런 것에 속박되지 않는

제가 완성한 저라는 존재 자체에서부터 오는

무한한 감사와 사랑의 기쁨, 고요의 평화이기 때문입니다.

그러니 저는 오늘 하루를 당신께 바칩니다.

오늘의 모든 걱정도, 사적인 마음도, 욕망도, 원망, 그리고 분노도,

저 자신까지도 당신께 바치고 내려놓습니다.

그러니 제가 오늘 하루만을 위해 살게 해주시고,

그렇게 오늘 하루를 기도와 예배하는 마음으로 보내게 해주세요.

제가 저의 하루를 당신께 드리는 선물로 바칠 때,
당신은 그것에 대한 보답으로 저에게 행복을 주실 것을 압니다.
그 믿음으로, 저는 저를, 제 하루를 당신께 드립니다.

시선.

제가 외부를 변화시키려 끝없이 애쓰기보다,

외부를 바라보는 제 시선을 변화시키며 나아가게 해주세요.

그렇게 어떤 외부에도 꿋꿋할 수 있는 마음을 제게 주세요.

외부를 바꾸려고 하는 노력은

그 끝없는 시도에도 불구하고 결국 한계에 부딪히기 마련이며,

무엇보다 그것은 나 자신과 외부 모두를 다치게만 할 뿐입니다.

하지만 제가 외부를 더 이상 문제로 여기지 않을 때,

그럴 수 있을 만큼의 성숙한 마음과 함께할 때,

저는 더 이상 도전받지 않습니다. 더 이상 아파하지도 않습니다.

모든 문제의 근원은 외부가 아니라

외부를 바라보고 인식하는 제 왜곡된 마음에 있기 때문이며,

저는 그 마음을 가꾸며 나아가는 사람이 되었기 때문입니다.

그리고 그것만이 진정한 극복이자 초월입니다.

그러니 저에게 그 성숙을 선물하기 위해 찾아온 지금을

제가 선물이 아닌 문제로 여긴 채 미워하지 않게 해주세요.

결국 누군가에게 피해받았다는 생각은 이기심의 환상입니다.

제가 그 누군가를 저와 완전히 하나로 여기는 이타심과 정렬될 때

진실로 저는 그를 미워하지 않을 것이기 때문입니다.

나의 것, 너의 것, 그래서 그 분리가 모든 문제의 원천입니다.

그러니 제가 지금의 시련을 통해 분리를 넘어선 하나됨으로,

끝없이 외부를 탓하고 원망하는 미성숙을 넘어선 성숙으로,

그 모든 아름다운 변화를 통한 진실한 사랑으로 나아가게 해주세요.

그러기 위해 제 시선을 교정하여 주세요.

당신이 도와주시지 않으면, 저는 결코 이겨낼 수 없습니다.

그러니 저와 함께해주세요. 제가 굳건할 수 있게 안내해주세요.

외부를 바꾸려고 하는 노력은

그 끝없는 시도에도 불구하고 결국 한계에 부딪히기 마련이며,

무엇보다 그것은 나 자신과 외부 모두를 다치게만 할 뿐입니다.

하지만 제가 외부를 더 이상 문제로 여기지 않을 때,
그럴 수 있을 만큼의 성숙한 마음과 함께할 때,
저는 더 이상 도전받지 않습니다. 더 이상 아파하지도 않습니다.

반응.

언제나 저를 괴롭히는 것은
외부가 아니라 외부에 대한 저의 반응입니다.
그러니 제가 언제나 같은 식으로 반응하며 살아왔기에 생긴
저 자신의 그 반응의 습관을 변화시킴으로써 행복하게 해주세요.
누군가가 이렇게 할 때마다 저는 이 반응을 했지만,
더 이상 제가 그와 같이 반응하지 않을 때,
그러니까 제 반응을 이제는 바꾸며 나아갈 때,
세상이 저를 대하는 태도와 저에게 주는 모든 마음이
서서히 다정함과 사랑으로, 관대함으로 변해가기 시작합니다.
결국 모든 문제는
우리의 마음 안에서부터 일어나는 것이기 때문입니다.
그러니까 사건, 사람 자체가 아니라
그 사건과 사람에 대한 나 자신의 인식과 그로 인한 반응이
문제가 아닌 것을 문제로 만드는 유일한 원인입니다.
어떤 일이 생겼을 때 제 마음속에서 습관적으로 떠오르는 생각과
그 생각에 대한 저 자신의 곱씹음과 집착이
결국 저를 괴롭히고, 또 괴롭힐 수 있는 유일한 것이기 때문입니다.
그러니 저에게 초연함을 주세요.
더 이상 전과 같이 반응하지 않게 해주시고,
되도록 제가 사랑의 반응을 할 수 있게 해주세요.

만약 사랑의 반응을 할 수 없을 것 같다면
차라리 반응하지 않은 채 지나칠 수 있게 해주세요.
그때, 저는 더 이상 흔들리지 않을 것입니다.
고통받지 않을 것이며 상처받지도 않을 것입니다.
그러니 이제는 다르게 반응하고, 다르게 생각할 수 있게
당신께서 저와 함께해주시고 저를 안내해주세요.

생각.

저를 악하게 만들 수 있는 유일한 것이 바로 저의 생각입니다.

그러니 제가 예쁜 생각을 하게 해주세요.

때로 세상의 생각에 치우쳐 너무나 많은 것을 계산하고,

너무나 많은 것을 원망하고, 너무나 많은 것을 걱정하고,

그렇게 세상의 생각에 너무나 깊이 탐닉하게 될 때

저는 저 자신의 중심을 잃은 채 방황하게 됩니다.

그래서 공허함과 산만함에 짓눌러 아파하게 됩니다.

그리고 그런 생각들은 저 자신만을 위한 이기적인 생각이기에

제 마음에 죄책감을 심어줘 저를 병들게 합니다.

하지만 그로 인해 제가 불행하다는 것을 이미 알고 있어도,

하여 그 생각들을 내려놓으려고 아무리 애써도,

자꾸만 저를 사로잡는 그 생각들을 떨쳐내기가 쉽지는 않습니다.

어린아이가 고집을 부리듯 끝없이 제 마음에서 버티고 선 채

그 생각들은 저에게서 결코 사라지려고 하지 않습니다.

그래서 그건 제 힘으로 할 수 있는 게 아닙니다.

그러니까 오직 당신의 힘으로만 저는 해낼 수 있습니다.

그러니 제 모든 생각을 당신께 드리니,

당신께서 맡아주시고, 당신께서 저를 도와주세요.

그렇게 이 생각의 불행에서 부디 저를 구원하여 주세요.

당신 없이 저 혼자서 저는 아무것도 아님을 이제는 압니다.

당신 없이 저 혼자서 저는 아무것도 할 수 없음을 이제는 압니다.

그러니 당신께서 저를 가엾게 여기시어 일으켜 세워주세요.

오직 당신께 드리고 의지하니, 당신께서 받아주시고 보호해주세요.

죄책감.

우리는 때로 탓하고, 원망하고, 그런 감정들로

상대방에게 죄책감을 심어줌으로써

상대방을 우리의 뜻대로 통제하고자 하지만,

진실로 죄책감으로는 아무것도 해낼 수가 없습니다.

너는 이걸 잘못했으니까 나에게 이렇게 해야 돼,

라는 식의 자격을 주장하고,

그로 인해 죄스러운 마음을 가지게 된 상대방이

비로소 우리에게 아첨하고 더 잘해주길 바라는 것은

진실로 무지와 환상에서 비롯된 오류에 불과하기 때문입니다.

그것으로 우리는 결코 진실한 사랑을 받을 수 없습니다.

또 그런 식의 끝없는 압박과 조종은

상대방을 지치게 해 우리의 곁에서 더욱 멀어지게 할 뿐이며,

상대방의 마음을 더욱 닫게 할 수 있을 뿐입니다.

그러니 죄책감 대신에 제가 진실한 사랑을 선택하게 해주세요.

상대방을 분명하게 사랑하는 마음,

그것만이 상대방으로 하여금 변화를 이끌어낼 수 있는

오직 유일한 힘 있는 마음임을 꼭 알아가게 해주세요.

그렇게 사랑함으로써 사랑받고, 사랑함으로써 치유되게 해주세요.

하여 저는 상대방을 아프게 함으로써 제 곁에 붙들고자 하는
그 무지의 환상을 이제는 포기합니다. 기꺼이 내려놓습니다.
그 모든 마음들을 오직 당신께 드리고 기도하니,
당신께서 받아주시고, 맡아주시고, 교정해주세요.

계획.

당신의 손에 저의 미래를 드립니다.

그러니 당신께서 저를 주관하여 주세요.

더 이상은 제가 저의 이기심으로 계획하고, 걱정하고,

불안해하고, 하지만 그럼에도 여전히 불행할 뿐인

그러한 저의 부족함으로 판단하고 끝없이 생각하지 않게 해주세요.

이 세상에서 가장 큰 평화와 행복은

다름 아닌 고민과 걱정, 생각과 계획이 없는

모든 것을 내맡긴 그 내려놓음에서부터 오는 평화이기 때문입니다.

그러니 제가 당신을 향한 믿음으로써 내려놓게 해주세요.

하여 당신의 통로가 되고, 당신의 손이 되어 사용되게 해주세요.

지금 이 순간 모든 공포를 당신께 드립니다.

모든 불안과 모든 걱정, 모든 원망과 계획을 당신께 드립니다.

저의 숨결과 저의 모든 순간과 저의 생명까지도 드리니,

당신께서 받아주시고 이제는 당신께서 저를 주관하여 주세요.

저를 향한 당신의 높으신 뜻은 무엇입니까.

이제는 당신께 물으며 당신의 답을 기다립니다.

이제는 저의 뜻이 아니라 당신의 뜻으로 나아가길 원합니다.

그것만이, 진정 저를 위한 유익한 뜻이요 이제는 길이 때문입니다.

이 세상에서 가장 큰 평화와 행복은
다름 아닌 고민과 걱정, 생각과 계획이 없는
모든 것을 내맡긴 그 내려놓음에서부터 오는 평화이기 때문입니다.

죄와 용서.

타인을 용서함으로써 제가 죄로부터 구원받게 해주세요.

우리가 용서한 부분에 대해서, 우리는 용서받습니다.

그래서 우리가 꾸준히 용서할 때,

사실 죄조차 우리가 만들어낸 환상임을 알게 되고,

그 순간이 바로 우리가 죄로부터 완전히 구원받는 순간입니다.

그래서 죄는 우리가 어떤 것을 죄로 볼 때만

죄가 되어 우리를 속상하게 하고 화나게 하고

아프게 할 수 있을 뿐인 하나의 오류에 불과한 것입니다.

그러니 제가 죄라는 환상으로부터 구원받게 해주세요.

오직 용서의 빛을 통해 그 환상의 구름을 거두어내게 해주세요.

그렇게, 마지막의 마지막 용서까지도 완성해

이 세상의 완전한 순진무구함을 바라볼 수 있게 해주세요.

오직 그 순간만이 제가 진실로 사랑하게 되는 유일한 순간입니다.

그 어떠한 편견도, 오해도, 환상도 없이

그 사람의 순진무구함을 바라봐주는 시선,

그러니까 그것이 바로 진실한 사랑이기 때문입니다.

그러니 지금 제가 미워하고 있는 바로 이 사람을 통해

저는 용서를 배우겠다고 결심합니다.

그래서 사실 이 사람은 제 스승이자 교사입니다.

그리고 이 모든 용서의 과정을 당신께서 함께해주길 청합니다.

그 어떠한 편견도, 오해도, 환상도 없이
그 사람의 순진무구함을 바라봐주는 시선,
그러니까 그것이 바로 진실한 사랑이기 때문입니다.

당신의 언어.

저라는 하나의 작은 사람의 마음,

그 작은 것에서부터의 생각과 계획, 언어가 아니라

제가 오직 당신의 마음과 함께하게 해주세요.

그렇게 제 작은 마음은 침묵하고,

당신의 마음 안에서 제가 사용되게 해주세요.

그리하여 저라는 사람의 마음 안에

이제는 당신의 언어, 당신의 말씀, 당신의 계획이 가득 차

그 신성한 섭리에 의해서 제가 살아가게 해주세요.

저의 마음은 제가 당신의 언어로 채워지는 것에

끝없이 두려움을 느끼고, 하여 끝없이 저항합니다.

그래서 자꾸만 생존하기 위해 발버둥 칩니다.

침묵하는 대신에 계획하고, 원망하고, 분노하고,

욕망하고, 무엇인가에 시선을 빼앗긴 채 탐닉하고,

그렇게 당신을 바라보기보다

당신을 어떻게 해서든 바라보지 않으려고 합니다.

하지만 그것은 진실한 의미에서 결코 제가 아닙니다.

그래서 저는 이제는 진정한 저 자신이 되어

오직 무한한 행복과 평화와 함께 나아가고자 합니다

그리고 그 행복과 평화의 이름은 바로 당신의 언어입니다.

그래서 저는 그 언어를 듣기 위해

이제는 제 마음을 내려놓고 당신께 귀 기울입니다.

그러니 이제는 당신이 제 삶을, 저의 존재를 지탱해주세요.

그렇게 당신의 높으신 뜻을 위해 저를 사용해주세요.

과거와 용서.

용서란, 과거를 내려놓고
오직 현재를 살아가겠다고 굳게 다짐하는 일입니다.
왜냐면 저는 언제나 과거의 생각들로부터
누군가를 미워하는 것에 대한 정당화를 얻기 때문입니다.
그러니까 저는 끝없이 누군가가 제게 잘못한 것,
제게 잘못된 점, 그 과거의 것들을 기억한 채 분노를 곱씹습니다.
하여 타인들에게 불리한 입장을 끝없이 만들어
저의 생각 속에서 그들을 벌주고자 합니다.
그리고 그것에서부터 묘한 희열을 느낍니다.
하지만 그 희열은 용서가 제게 가져다줄 평화와
그 평화의 환희에 비하면 기쁨의 발끝에도 닿지 못하는
정말로 보잘것없는 골동품일 뿐입니다.
그러니 제가 용서함으로써 그것을 알아가게 해주세요.
용서로 인한 진정한 행복과 평화를 제 마음 안에서 느낌으로써
용서를 해야만 하는 이유를 더욱 분명하게 알아가게 해주세요.
그래서 저는 오늘, 저의 과거를 당신께 드립니다.
그렇게 당신의 품 안에서 오직 현재만을 살아가기로 결심합니다.
하여 진정한 기쁨과 행복에 대해 알아갈 것이며,
그것을 앎으로써 다시는 거짓 행복을 진짜 행복이라 여기는
그 오류와 환상에 젖은 채 그것에 탐닉하지 않을 것입니다.

그러니 당신께서 제 과거를 받아주시고,

저의 용서를 완성하여 주세요. 저의 한 발을 함께 해주세요.

용서란, 과거를 내려놓고
오직 현재를 살아가겠다고 굳게 다짐하는 일입니다.
왜냐면 저는 언제나 과거의 생각들로부터
누군가를 미워하는 것에 대한 정당화를 얻기 때문입니다.

그리고 그것에서부터 묘한 희열을 느낍니다.
하지만 그 희열은 용서가 제게 가져다줄 평화와
그 평화의 환희에 비하면 기쁨의 발끝에도 닿지 못하는
정말로 보잘것없는 골동품일 뿐입니다.

진정한 이득.

저는 저 자신에게 무엇이 가장 이득이 되는지,

그것에 대해 전혀 알고 있지 못합니다.

그래서 때로 힘을 쓰고, 떼쓰고, 미워하고, 갈등하고,

화내고, 욕망하고, 원망하고, 그러한 것들을 통해

제가 이득을 볼 것이라 생각한 채 그러길 선택합니다.

그렇게 하지 않으면,

그것은 저에게 손해가 되는 것이라 생각합니다.

하지만 그것이야말로 구름의 장막에 가려진 무지이자,

환상이자, 오류이자, 우상 숭배입니다.

그러니까 저는 구름에 가려진 그 가짜 행복만을

행복의 전체라 믿은 채 공허하게 살아가고 있을 뿐입니다.

하여 이제는 사랑과 이해, 용서와 받아들임,

내려놓음과 다정함, 미소, 그 모든 진짜 빛을 통해

구름을 거두어내고 저 자신의 행복과 평화를 되찾고자 합니다.

그것이 진정 저에게 가장 큰 이득이라는 것을

이제는 빛을 마주한 채 서서히, 그리고 완전히 알아가고자 합니다.

그러니 그것을 당신께서 도와주세요. 함께해주세요.

제가 모르기에, 당신께 청하고, 당신께 내려놓습니다

그렇게 저의 지금을 당신께 선물로 드립니다.

그러니 당신께서 받아주시고 저를 안아주세요.
당신이라는 진정한 빛을 저에게 선물로 주세요.

연약함.

저는 연약합니다. 저는 아무런 힘도 없습니다.
저와의 약속과 뜻을 스스로 지키지 못해 자주 무너지며,
그렇게 끝없이 흔들리며 불안해합니다.
누군가를 미워하기도 하고, 누군가에게 의존하기도 합니다.
저 자신을 믿지 못하고 끝없이 두려워합니다.
그러니까 저는, 진실로 저 혼자서는 아무것도 해낼 수가 없습니다.
그러니 당신께서 저와 함께해주세요.
저의 모든 연약함을 당신께 드리니,
당신께서 선물로 받아주시고 저를 보살펴 주세요.
저의 이름과 저의 생각, 그 모든 것을 아시는 당신께,
이 세상에서 가장 큰 사랑과 따스함으로 저를 지으신 당신께,
그래서 저는 제 모든 마음과 생각을 바칩니다.
당신의 품 안에서, 당신의 날개 안에서 다정하게 숨 쉬며,
그렇게 이제는 저 스스로 멀리하길 선택한 당신께 다시 돌아가
당신의 품 안에 품어지길 바라고 기도합니다.
그러니 모든 것으로부터 저를 지키시는 당신께서 함께해주세요.
이토록 연약하고 죄 많은 저를,
제가 아프고 힘들 때만 당신을 찾는 염치없는 저를
그럼에도 이렇게 살아있게 하시고 존재하게 하신
그, 제가 감히 헤아릴 수조차 없는 은혜로 저를 품어주세요.

이제는 연약한 저의 뜻이 아니라, 저의 생각과 계획이 아니라

오직 당신의 선하고 높으신 뜻에 의해 살아가길 선택합니다.

당신을 신뢰하기에 모든 두려움을 내려놓고

오직 당신의 보호를 믿으며, 그렇게 살아가고, 사랑하겠습니다.

그러니 제가 저의 연약함이 아닌,

오직 당신의 높으신 뜻과 사랑의 힘으로 나아가게 해주세요.

당신의 음성.

저는 오직 당신의 사랑에 의해 지탱받습니다.

제가 용서하고자 할 때,

당신의 음성이 제게 속삭이기 시작하며,

그렇게 저 자신의 순수한 무죄를 빛 비춰주십니다.

제가 당신을 의지할 때,

당신은 저를 당신의 사랑에 귀속시키시며,

저에게 용서와 사랑, 그 무한한 기쁨을 가르쳐주십니다.

그러니 그 높디높은 사랑으로 저를 안내해주시고,

마침내 당신의 완전한 뜻 안에 제가 속하게 해주세요.

그러기 위해 저는,

오늘 하루 온종일 당신의 음성에 귀를 기울입니다.

제가 귀를 기울일 때 당신의 음성을 들을 수밖에 없는 것은,

제가 들으려고 하지 않았을 뿐

당신은 언제나, 영원히 저에게 사랑으로 말씀하고 계셨고,

저를 사랑으로 지켜보고 보듬어주고 계셨고,

그러니까 제가 당신에게 귀를 기울이기만을

당신의 날개 안에 품어지기만을 기다리고 계셨기 때문입니다.

그래서 저는 오늘 용서를 통해 더욱 당신을 향해 나아갑니다

사랑을 통해 더욱 당신의 따뜻한 품 안에 안깁니다.

그렇게, 이 세상에서 가장 큰 안전이자 따뜻한 사랑이신
당신의 영원한 지지만을 구하며 나아갑니다.
그렇게, 오직 당신의 사랑에 의해 지탱받기로 결정합니다.
그러기 위해서, 세상의 모든 소리들을 잠시 내려놓고
오직 당신께 귀를 기울이니, 당신께서 저와 함께해주세요.

제가 귀를 기울일 때 당신의 음성을 들을 수밖에 없는 것은,
제가 들으려고 하지 않았을 뿐
당신은 언제나, 영원히 저에게 사랑으로 말씀하고 계셨고,
저를 사랑으로 지켜보고 보듬어주고 계셨고,
그러니까 제가 당신에게 귀를 기울이기만을
당신의 날개 안에 품어지기만을 기다리고 계셨기 때문입니다.

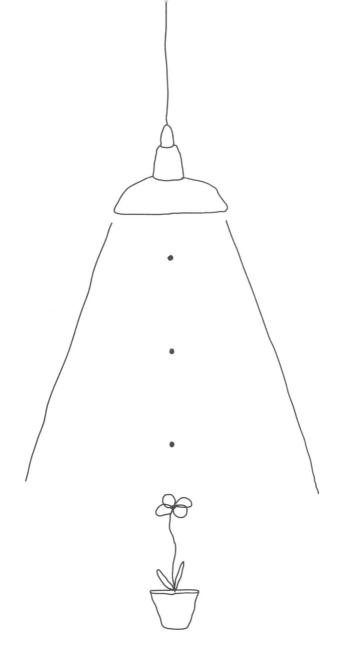

유혹.

제가 유혹에 빠지지 않게 해주세요.

저는 세상을 살아가며 미워하고자 하는 유혹,

분노하고자 하는 유혹, 욕망에 탐닉하고자 하는 유혹,

이기적이고자 하는 유혹, 그러한 유혹과 끝없이 맞닥뜨립니다.

그리고 때로 그 유혹을 이겨내지 못해

누군가를 미워합니다. 분노합니다. 욕망합니다.

그것이 나를 위해서라며 끝없이 정당화한 채 이기심을 선택합니다.

하지만 오늘부터의 저는

그 모든 것이 결코 나를 위한 것일 수가 없음을 진정 바라봅니다.

왜냐면 저는 저의 영원한 행복과 평화만을 구하고 있기 때문입니다.

오직 그것만이 저를 진정 위할 수 있는 유일한 것이기 때문입니다.

그러니 저를 유혹으로부터 지켜주세요.

그 순간 제가 유혹에 빠지기보다,

저 자신의 진실한 행복을 실현할 수 있게 해주세요.

그렇게 용서하게 해주시고, 이해하게 해주시고,

사랑하게 해주시고, 내려놓게 해주세요.

그리고 그 유혹이 사실은 저의 성숙을 실현할 선물이었으며,

기회였으며, 계기였다는 것을 바라볼 수 있게 해주세요.

하여 이제는 유혹받기보다 그 모든 선물을 끌어안게 해주세요.

그렇게 저는 저 자신을 위해 삶의 어떤 상황 안에서도

진실할 것을, 행복할 것을, 사랑할 것을, 용서할 것을 선택합니다.

그리고 그, 저를 위한 선택 앞에서

이제는 더 이상 어떠한 합리화도 하지 않기로 다짐합니다.

그러니까 저는, 정당한 미움의 유혹에 빠져들지 않을 것입니다.

나를 아프게 하는 것, 타인을 아프게 하는 것, 그것은

그 어떤 이유 안에서도 결코 정당할 수 없는 것이기 때문입니다.

그러니 저에게 유혹을 선물로 바라볼 힘을 주세요.

하여 유혹을 이겨내고 제가 성숙을 끌어안을 수 있게 해주세요.

그러니까 저는, 저에게 끝없이 찾아오는 이 모든 외부의 유혹이

저에게서 완전히 사라지게 해달라고 당신께 청하지 않습니다.

다만, 그 유혹에 유혹받지 않는 진실한 눈을 제게 주옵소서.

그러니까 저는, 정당한 미움의 유혹에 빠져들지 않을 것입니다.
나를 아프게 하는 것, 타인을 아프게 하는 것, 그것은
그 어떤 이유 안에서도 결코 정당할 수 없는 것이기 때문입니다.

그러니까 저는, 저에게 끝없이 찾아오는 이 모든 외부의 유혹이
저에게서 완전히 사라지게 해달라고 당신께 청하지 않습니다.
다만, 그 유혹에 유혹받지 않는 진실한 눈을 제게 주옵소서.

영원한 안전.

감사와 사랑만이 저의 영원한 안전입니다.
우리는 그것을 모르는 채 여전히 불평하고, 미워하고,
하여 그 모든 결핍으로 외부를 내게 맞게 변화시키려 하고,
그러니까 그 외부의 변화로부터 안전을 찾고자 끝없이 애쓰지만,
그래서 우리가 얻을 수 있는 것이라고는 오직 불안뿐입니다.
여태 그래왔지만, 여전히 내가 불안하며, 공허하며,
자신감 없고, 행복하지가 않으며, 만족할 줄 모르며,
그러니까 그것이 내가 여전히
완전한 안전을 느끼고 있지 못하다는 증거입니다.
그러니 제가 제 마음 안에 있는
모든 불평과 미움을 오직 내려놓을 수 있게 해주세요.
그렇게 오직 제 마음 안에서 완전한 안전을 찾게 해주세요.
진실로 저는 저의 마음으로부터만 안전을 얻을 수 있습니다.
오직 감사와 사랑으로부터만 안전을 얻을 수 있습니다.
그러니 모든 불평을 넘어 지금, 오직 완전하게 감사하게 해주세요.
모든 미움을 넘어 지금, 오직 완전하게 사랑하게 해주세요.
더 이상 세상과 사람들에게 무엇인가를 바랄 필요 없이
내 마음 안에서부터 무한한 평화와 행복을 느낄 줄 아는 것,
그것만이 영원한 안전이며 진실한 행복이기 때문입니다.

그러니 저는 오늘

제 마음속 모든 불평과 미움을 제쳐두고 감사와 사랑을 향합니다.

오직 내려놓음으로써 당신께 그 감사와 사랑을 구합니다.

그 안전함으로부터 그 어떠한 걱정도 불안도 없이, 필요도 없이

오직 충족된 채 행복하고도 평화롭게 나아가겠다고 다짐합니다.

그러기 위해 기꺼이 감사와 사랑을 선택할 것입니다.

더 이상 세상과 사람들에게 무엇인가를 바랄 필요 없이
내 마음 안에서부터 무한한 평화와 행복을 느낄 줄 아는 것,
그것만이 영원한 안전이며 진실한 행복이기 때문입니다.

그러니 저는 오늘
제 마음속 모든 불평과 미움을 제쳐두고 감사와 사랑을 향합니다.
오직 내려놓음으로써 당신께 그 감사와 사랑을 구합니다.

나를 향한 사랑.

우리는 상대방을 아프게 하고 무너뜨리기 위해 원망하지만,

사실 원망은 오직 나 자신만을 무너뜨릴 수 있을 뿐입니다.

내가 하루 종일 누군가를 향해 원망감을 품을 때,

그 원망이 담겨 있는 곳은 상대방의 마음 안이 아니라

오직 내 마음 안이기 때문입니다.

그러니 제가 저 자신의 평화를 위해 원망을 내려놓게 해주세요.

원망을 내려놓는 것은 다름 아닌

제가 저를 아끼고 사랑하는 마음에서부터 오는

저 자신을 향한, 저 자신에 대한 진실한 사랑입니다.

그러니 제가 저 자신을 사랑하게 해주세요.

제가 저를 사랑할 때, 그래서 저는 결코 원망할 수 없을 것입니다.

누군가를 사랑한다면서 그 사람을 미워하고 아프게만 한다면

그게 결코 사랑이 될 수 없는 것처럼,

제가 저를 오직 진실하게 사랑할 때,

저는 저 자신을 결단코 아프게 하지 않을 것이기 때문입니다.

그러니 제가 저 자신을 사랑함으로써 보호받게 해주세요.

나를 향한 사랑으로부터 모든 미움에서부터 구원되게 해주세요.

원망을 품을 때 그 원망이 일어나는 근원이 바로 제 마음 안이듯,

그래서 사실 그건 제가 저를 원망하는 것이나 다름없는 것이듯,

제가 누군가를 사랑할 때 그 사랑이 담기고 일어나는 곳 또한

제 마음 안이며, 하여 그건 저를 사랑하는 일과 같기 때문입니다.

그래서 저는 사랑함으로써 사랑받는

진정 예쁘고 아름다운 사람이 되고자 합니다.

그 모든 사랑의 일을 위해서 오늘 원망을 내려놓습니다.

무엇보다 저 자신을 제가 스스로 아끼고 사랑하기에 내려놓습니다.

제가 저를 사랑할 때, 그래서 저는 결코 원망할 수 없을 것입니다.

누군가를 사랑한다면서 그 사람을 미워하고 아프게만 한다면

그게 결코 사랑이 될 수 없는 것처럼,

제가 저를 오직 진실하게 사랑할 때

저는 저 자신을 결단코 아프게 하지 않을 것이기 때문입니다.

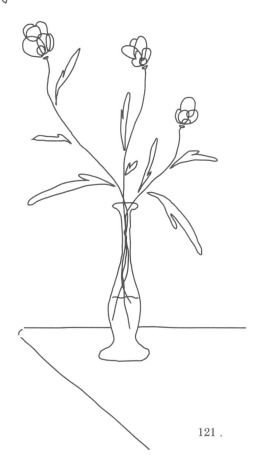

용서와 사랑.

이 일을 저의 용서와 사랑을 실현할 계기로 여기게 해주세요.

제가 태어나 존재하는 유일한 목적이 바로 용서와 사랑입니다.

그러니 이 일을 통해 제가 제 존재의 목적이 아닌

다른 것을 실현하고자 정당화하지 않게 해주세요.

제가 저의 유일한 목적을 받아들일 때,

저는 마침내 모든 갈등 너머에 있는 평화를 소유하게 됩니다.

왜냐면 이제 저의 선택은 정해졌기 때문입니다.

정해졌기에 고민할 필요도, 걱정할 필요도 없기 때문입니다.

그리고 그, 고민과 걱정이 멎은 마음이야말로

이 세상에서 평화라 할 수 있는 오직 유일한 평화이기 때문입니다.

그래서 저는 모든 일, 모든 상황 안에서 용서와 사랑이 아닌

그 어떤 것도 선택하고자 정당화하지 않습니다.

그래서 더 이상은 그 어떤 일도 제게 있어

용서와 사랑이 아닌 환상을 정당화할 만한 이유가 되지 못합니다.

그러니 제가 모든 상황 안에서

오직 저의 유일한 존재의 목적만을 실현하게 해주세요.

그 어떤 상황 안에서도 꿋꿋이, 그렇게 할 수 있게 해주세요.

그 모든 것이, 저 자신을 위한 일임을 분명히 알고

니 이생은 고민하시도, 밍실이시도 낳게 배주세요.

그러니까 무슨 일이 제게 찾아와도,

제가 기꺼이, 그럼에도 불구하고 용서하고 사랑하게 해주세요.

그럼에도 불구하고 용서하고 사랑할 때,

당신께서 저의 손해를 채워주실 것이고,

당신께서 저의 상처를 어루만져 주실 것을 의심하지 않습니다.

그러니 저의 흔들림조차도 붙잡아주시고,

제 손을 잡고 제 존재의 목적을 완성할 수 있게 이끌어주세요.

오늘 하루.

오늘 하루에는 제가 오늘 하루만 살아가게 해주세요.

저는 늘 과거에 대한 후회, 원망, 그리고 미래에 대한 불안과 욕망,

그것들에 집착하느라 오늘을 제대로 살아가지 못합니다.

그래서 언제나 저의 오늘은 무겁고 아픔 가득하기만 합니다.

그러니 제가 하루에 한 번만 살아가게 해주세요.

제가 걱정하지 않을 때, 당신께서 저를 걱정하실 것이며,

제가 후회하지 않을 때, 당신께서 바로잡아 주실 것이며,

제가 원망하지 않을 때, 당신께서 평화를 주실 것이며,

제가 욕망하지 않을 때, 당신께서 저의 필요를 채워주실 것입니다.

그러니 저의 오늘의 모든 과거와 미래를 당신께 드립니다.

그렇게 저는 당신을 향한 신뢰로써 오늘을 살아가고자 합니다.

오늘 하루에 제가 마주하게 될 무수히 많은 소중함과 사랑들,

그것들을 놓치지 않은 채 바라보고 감사하고자 합니다.

그렇게 오늘을 행복하게 보내며,

그 행복으로부터 사람들에게 또한 봉사하고자 합니다.

그러니 제가 지금 이 순간 행복하게 존재할 의무 앞에서

저의 책임과 역할을 다할 수 있게 당신께서 살펴주세요.

그것을 위해 저는 오늘, 과거와 미래의 구름을 벗어내고

오늘의 빛 안에서 오직 오늘 하루만을 살아가기로 결정합니다.

오직 지금 이 순간만을 살고, 또 사랑하겠다고 결정합니다.

제가 걱정하지 않을 때, 당신께서 저를 걱정하실 것이며,
제가 후회하지 않을 때, 당신께서 바로잡아 주실 것이며,
제가 원망하지 않을 때, 당신께서 평화를 주실 것이며,
제가 욕망하지 않을 때, 당신께서 저의 필요를 채워주실 것입니다.
그러니 저의 오늘의 모든 과거와 미래를 당신께 드립니다.

뜻과 이유.

당신의 뜻 이외에 다른 어떤 뜻도 존재하지 않습니다.

그러니 제가 당신의 뜻 앞에서 저항하며

주어진 하루에 불만을 품지 않게 해주세요.

오늘 이 하루의 모든 일들은

제가 겪고 배워야만 하는 이유와 의미가 있어서

당신께서 제게 사랑으로 주신 선물입니다.

그러니 제가 그 뜻을 받아들이지 못해 제 뜻을 앞세우며

제 하루의 평화를 스스로 깨뜨린 채

제 마음의 빛을 잃고 상실하지 않을 수 있게 해주세요.

오직 꿋꿋이 감당하고 배워낼 것입니다.

그렇게 이유가 있어 찾아온 이 시련을 완성해낼 것입니다.

하여 이 성숙의 선물을 반드시 끌어안을 것입니다.

제가 감당할 수 있을 만큼의 시련만을 제게 주시는,

또 반드시 감당해야만 하는 시련만을 제게 주시는

그 당신의 높은 뜻을 저는 분명하게 이해하기 때문입니다.

그래서 저는 오늘 하루 갈등하지 않습니다.

오직 받아들이고, 의미를 완성하고, 배우고, 감사하며,

그렇게 더욱 큰 이해와 사랑을 향해 나아갈 뿐입니다.

그 사랑을 완성하기 위해 찾아온 오늘의 모든 일 앞에서
그래서 저는 불평과 원망이라는, 갈등과 불안이라는
저만의 뜻을 앞세우며 아파하지 않을 것입니다.
오직 받아들인 채, 꿋꿋이 이겨내고 완성할 것입니다.

사랑의 가치.

제가 더 이상 가치 없는 것을 가치 있다고 여기지 않게 해주세요.

옳고 그름을 따지며 상대방에게 상처를 주는 것도,

누군가를 미워하는 생각에 골몰하며 사랑에서 멀어지는 것도,

씩씩거리고 화내며 나의 분노를 정당화하는 것도,

그 모든 것이 진실로 아무런 가치도 없는 환상입니다.

그러니 제가 그 환상의 유혹에 더 이상 넘어가지 않게 해주세요.

제가 스스로 가치 없는 것을 가치 있다고 여기지 않는 한,

그것들은 진실로 제게 아무런 가치도 없는 무익함일 뿐입니다.

그래서 저는 그 환상을 꿰뚫어 보고자 합니다.

그렇게 더욱 진실한 눈으로 빛나는 세상을 보고자 합니다.

그리고 그 시선의 이름은 바로 이해와 사랑입니다.

저는 사람들에게 더욱 큰 사랑을 주기 위해 태어났고,

그 사랑을 완성하기 위해 이 모든 순간을 살아가고 있습니다.

그래서 그 사랑의 일을 빼고는

모든 것이 제가 만들어놓은 환상이자 무가치한 일들일 뿐입니다.

그러니 제가 그 사랑을 위해 용서하게 하시고,

내려놓게 하시고, 이해하게 하시고, 빛을 선택하게 해주세요.

그러기 위해 더 이상 가치가 없는 것들에 가치를 부여한 채

스스로 불행과 아픔을 선택하지 않을 수 있는 지혜를 제게 주세요.

제가 가치가 없는 것을 가치 있다고 여길 때,

그때의 저는 저를 비롯한 다른 사람들에게 상처를 입힐 테지만,

제가 오직 진실한 가치가 있는 사랑만을 가치 있다고 여길 때,

그때는 사람들이 저로 인해 오직 행복을 얻게 될 것입니다.

그러니 저라는 존재가 그 행복의 통로가 되게 해주시고,

그것을 위해 오늘, 용서와 사랑을 통하게 해주세요.

사랑만이 가치가 있는 유일한 것이라는 것을 제가

지금 이 순간부터 영원히, 진실로 영원히 잊지 않게 해주세요.

옳고 그름을 따지며 상대방에게 상처를 주는 것도,
누군가를 미워하는 생각에 골몰하며 사랑에서 멀어지는 것도,
씩씩거리고 화내며 나의 분노를 정당화하는 것도,
그 모든 것이 아무런 가치도 없는 환상입니다.

제가 가치가 없는 것을 가치 있다고 여길 때
그때의 저는 저를 비롯한 다른 사람들에게 상처를 입힐 테지만,
제가 오직 진실한 가치가 있는 사랑만을 가치 있다고 여길 때
그때는 사람들이 저로 인해 오직 행복을 얻게 될 것입니다.

사랑의 법칙.

제가 제 마음을 다해 사랑할 때,

제 모든 삶이 완전한 균형 안에 놓이게 될 것입니다.

불평하고, 탓하고, 애쓰고, 통제하고, 화낼 때는

아무리 최선을 다함에도 결코 이루어지지 않을 일들이

사랑에 의해서는 그저 가능한 일이 되어버리기 때문입니다.

그래서 세상에게, 사람에게 변화를 일으킬 수 있는 유일한 것은

바로 세상을, 상대방을 분명하게 사랑하는 일, 오직 그것뿐입니다.

그때, 도무지 무엇으로도 변할 수 없을 것만 같았던

변화의 기적이 참 쉽게도 일어나 아름다운 파도를 일으킵니다.

그리고 사랑의 다른 말은 받아들임입니다. 완전한 평화입니다.

왜냐면 제가 사랑할 때,

저는 세상과 타인에게 변화를 바라기보다 받아들일 것이고,

그래서 제 마음의 완전한 평화를 되찾게 될 것이기 때문입니다.

그래서 저는 사랑의 손에 제 미래를 맡깁니다.

그리고 지난 모든 과거들 또한 그 사랑의 따스함 안에서

녹아내리고 사라질 수 있게 오직 당신께 내어드립니다.

그러니까 당신의 손에 제 과거와 미래를 맡깁니다.

제가 한 번 사랑할 때마다, 저는 당신의 사랑을 청하는 것이며,

그래서 저는 제 모든 순간을 사랑하는 일에 씀으로써

매 순간 당신과 함께하며 당신의 품 안에서 살아갈 것입니다.

그러니 지금, 과거와 미래를 넘어 사랑하게 해주세요.

당신을 믿고 제가 모든 것을 받아들이게 해주세요.

그 완전한 평화 안에서 당신의 사랑과 함께하게 해주세요.

당신의 발아래에 제 모든 것을 드리니, 당신께서 받아주세요.

불평하고, 탓하고, 애쓰고, 통제하고, 화낼 때는
아무리 최선을 다함에도 결코 이루어지지 않을 일들이
사랑에 의해서는 그저 가능한 일이 되어버리기 때문입니다.

그래서 세상에게, 사람에게 변화를 일으킬 수 있는 유일한 것은 바로 세상을, 상대방을 분명하게 사랑하는 일, 오직 그것뿐입니다.

그때, 도무지 무엇으로도 변할 수 없을 것만 같았던 변화의 기적이 참 쉽게도 일어나 아름다운 파도를 일으킵니다.

고백.

지금 이 순간 제가 저의 불평을, 원망을, 분노를,

자기 연민을, 우울을, 그 모든 것들을 내려놓지 못하는 것은

제가 그것들을 스스로 너무나 소중히 여기고 있기 때문입니다.

그러니까 이 모든 불행을 행복보다 귀중히 여기는 그 집착 때문에

내려놓는 일 앞에서 이토록이나 주저하고 저항하게 되는 것입니다.

그러니 이제는 제가 이 환상에서 벗어나게 해주세요.

머릿속에 가득한 분노와 원망이 너무나도 소중해서

그것들에 깊숙이 골몰한 채 끝없이 그것들을 붙들지 않게 해주세요.

계속해서 이야기에 이야기를 더해가며

저는 그 환상에 가득 젖은 채 그것들 안에서 행복을 찾아왔지만,

그로 인해 저는 더욱 무기력해졌으며, 공허해졌으며,

하여 더욱 깊게 불행한 사람이 되었을 뿐입니다.

더하여 제가 저 자신을 불행하게 만드는 그 감정들을

저 스스로 다스리지 못한다는 그 무기력함 앞에서

저는 두려움에 떨어야만 했고, 우울함에 가득 젖어야만 했습니다.

하지만 이제는, 오늘부터는 다릅니다.

왜냐면 저는 이제 당신께 무릎 꿇어 도움을 청할 것이며,

저 스스로는 아무것도 할 수 없음을 고백할 것이기 때문입니다.

제 힘으로는 아무것도 할 수 없다고 당신께 고백하는 것,

그 겸손이 저를 대신하여 반드시 저를 치유할 것이기 때문입니다.

그러니 그 겸손으로 당신 앞에 엎드려 당신께 저의 지금을 드리니,
당신께서 받으시고 저의 연약한 두 손을 잡아 저를 일으켜주세요.
그리고 제가 지난 모든 불행 대신에
당신과 함께하는 지금 이 순간만을 소중히 여기게 해주세요.
그러니까 당신과 함께하는 이 평화로운 침묵의 시간만이
제게 귀중한 오직 유일한 것임을 제가 잊지 않게 해주세요.

지금 이 순간 제가 저의 불평을, 원망을, 분노를,
자기 연민을, 우울을, 그 모든 것들을 내려놓지 못하는 것은
제가 그것들을 스스로 너무나 소중히 여기고 있기 때문입니다.

더하여 제가 저 자신을 불행하게 만드는 그 감정들을
저 스스로 다스리지 못한다는 그 무기력함 앞에서
저는 두려움에 떨어야만 했고, 우울함에 가득 젖어야만 했습니다.

미움에 대한 집착.

제가 미움에 집착하지 않게 해주세요.

미움을 곱씹으며, 미움에 골몰하며, 그 미움을 중요하게 여기며,

그렇게 자꾸만 스스로 그 미움에 얽매이지 않게 해주세요.

그보다 평화를, 사랑을 소중하게 여기게 해주세요.

무엇보다 평화와 사랑을 소중히 여기기에,

제 마음에 있는 미움을 기꺼이 내려놓을 수 있게 해주세요.

왜냐면 미움은 저 자신을 아프게 하고 불행하게만 할 수 있을 뿐,

진실로 저의 행복에는 아무런 보탬이 되지 않기 때문입니다.

제가 미워할 때 하루 종일 아파할 사람이 바로 저 자신이고,

제가 용서를 통할 때

가장 행복할 사람 또한 다름 아닌 저 자신이기 때문입니다.

그러니 제가 저 자신을 위해서 용서하게 해주세요.

미운 생각에 사로잡히기보다

그 미움의 무가치함을 깨닫고 내려놓을 수 있게 해주세요.

그렇게 끝내 누군가에게 미움을 쏟으며 원망하고,

화내고, 상처를 주고받고 아파하기보다

그저 제게 주어진 하루의 행복에 집중할 수 있게 해주세요.

그것이 바로 저 자신에 대한 사랑이기 때문입니다.

왜냐면 제가 저를 진실하게 아끼고 사랑할 때,

저는 저를 스스로 아프게 하기보다 행복하게 할 것이기 때문입니다.

그러니 제가 저를 사랑한다면서,

더 이상 저를 스스로 아프게 하는 오류를 저지르지 않게 해주시고,

그 모든 미움의 유혹으로부터 저를 구하소서.

왜냐면 미움은 저 자신을 아프게 하고 불행하게만 할 수 있을 뿐,
진실로 저의 행복에는 아무런 보탬이 되지 않기 때문입니다.
제가 미워할 때 하루 종일 아파할 사람이 바로 저 자신이고,
제가 용서를 통할 때
가장 행복할 사람 또한 다름 아닌 저 자신이기 때문입니다.

유일한 뜻.

이곳에서의 제 유일한 뜻은 바로 용서입니다.

그러니 제가 그 뜻 앞에서 방황하지 않게 하소서.

하루에도 제 마음 안에서부터 떠오르는

온갖 미움과 판단들, 그 생각들로부터 다만 저를 구하소서.

이제 저는 그 마음들과 하나 되어

그 마음들에 깊이 빠진 채 골몰하기보다

그 마음들을 그저 멀리서 용서의 눈으로 바라볼 것입니다.

제가 여전히 용서하지 않고자 하는 것은

제가 이곳에 태어난 유일한 뜻을 스스로 거스른 채

그것을 받아들이고 행하지 않고자 하는 무지일 뿐이기 때문입니다.

하지만 그럼에도 제가 여전히 무지를 선택할 때,

그때의 저는 제 존재의 이유와 목적을 스스로 망각했다는

그 상실의 공허와 죄책감으로 인해

불행의 깜깜한 어둠 속을 여전히 헤매며 아파할 수밖에 없습니다.

그러니 그 무지의 어둠에 빛이 임하게 하소서.

그렇게 저는 이제 저에게는 용서라는 뜻만이 존재함을

오직 완전하게 받아들인 채 이 모든 방황을 그만두기로 결정합니다.

이제 어떤 일이 일어나도 그 일에 대한 제 뜻은

오직 용서이며, 또 용서이며, 용서입니다.

그 앞에서 그 어떤 사소함도 허용하지 않은 채 용서할 것입니다.

제 유일한 뜻이자, 저의 행복을 위한 일이

오직 용서라는 것을 제가 분명히 알 때

제게 있어 더 이상의 고민은 불가능하기 때문입니다.

그렇게 오늘, 당신을 용서합니다. 저 자신을 용서합니다.

그것이 저 자신의 유일한 뜻이자, 저를 향한 당신의 유일한 뜻이며,

그것을 분명히 아는 저는 그래서 그 뜻 앞에서 오늘,

더 이상 망설이지 않을 것입니다. 더 이상 주저하지 않을 것입니다.

행복할 책임.

저를 향한 당신의 유일한 뜻은 행복입니다.

그래서 저는 오늘 하루 오직 행복하고자 합니다.

제가 행복할 때, 저는 사람들에게 또한

저의 미소를 통해 행복을 나눠줄 것이며,

그렇게 저를 통해 행복해진 사람들은

다른 곳에서 또한 그들의 행복을 전하게 될 것입니다.

그래서 제가 하루를 행복하게 보내는 것의 의미는

이토록이나 위대하며 높은 뜻을 지닌 것입니다.

그러니 제가 저를 행복하지 않게 하는 다른 모든 것들을

행복이라 오해한 채 행복보다 더 중요하게 생각하느라

오늘의 행복을 놓치지 않게 해주세요.

분노는, 원망은, 욕망은, 걱정은 저를 결코 행복하게 하지 못합니다.

그래서 그러한 것들에 빠져 하루를 보내는 것은

제가 저 자신의 불행을 스스로 선택하고 확정 짓는 일입니다.

그러니 이제는 제가 불행 안에서 행복을 찾는 오류를 반복하기보다

오직 진실한 행복만을 원하고 찾고 추구하게 해주세요.

그 일만을 위해 저는 오늘 하루를 보내고자 합니다.

그 오늘의 행복이 이 세상 전체의 행복을 고취시킬 것이기에

또한 그것은 저 자신만을 위한 일이 아닙니다.

진실로 우리 모두의 마음은 하나로 연결되어 있기 때문입니다.

그래서 우리에게는 이 세상을 위해 나 자신의 오늘을

행복하게 보낼 오직 유일한 책임과 의무가 있을 뿐입니다.

그러니 그 책임과 의무 앞에서 제가 망설이지 않게 해주세요.

저는 지금 이 순간 제 모든 마음을 다해

그 행복의 완성만을 위해 노력하고 나아가기로 결심합니다.

행복이 아닌 모든 것들을 내려놓고 제 곁에서 떠나보내기로 합니다.

그러니 당신께서 제 행복의 예배를 받으시고 저와 함께해주세요.

분노는, 원망은, 욕망은, 걱정은 저를 결코 행복하게 하지 못합니다.
그래서 그러한 것들에 빠져 하루를 보내는 것은
제가 저 자신의 불행을 스스로 선택하고 확정 짓는 일입니다.
그러니 이제는 제가 불행 안에서 행복을 찾는 오류를 반복하기보다
오직 진실한 행복만을 원하고 찾고 추구하게 해주세요.

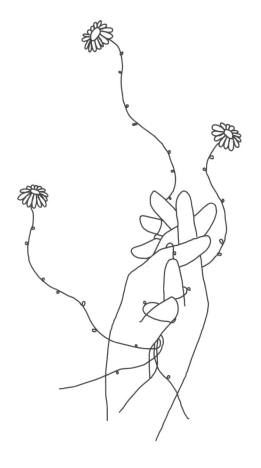

모든 순간의 예배.

제가 임하고 있는 모든 순간들을 통해 저는 예배합니다.

그러니까 제가 지금 무엇을 하고 있든,

저는 그것을 당신께 바치는 마음으로 하고자 합니다.

그렇게, 오직 사랑으로 당신께 제 모든 순간을 드립니다.

그래서 제가 살아가는 모든 순간순간들이

당신을 위한 기도이자 예배가 되기 시작합니다.

그리고 저는 오직 진심과 사랑을 다해 그것에 임하니,

숨 쉬는 것마저 당신께 바치는 예배가 되게 할 것이며,

하여 저의 모든 숨결에도 그 예배의 의미가 깃들게 할 것입니다.

그래서 저는 이제 더 이상 괴로울 수 없습니다.

고통받을 수도 없으며, 슬퍼할 수도 없으며,

공허할 수도 없으며, 외로움을 느낄 수도 없습니다.

당신께 사랑으로 바치는 이 모든 순간들 안에서

제가 어떻게 행복이 아닌 다른 것을 느낄 수 있을까요.

제가 원하는 어떤 미래와 결과를 위해서가 아니라

오직 당신을 위해서 이 순간을 보내는데,

제가 어떻게 걱정과 고민의 늪에 빠질 수 있을까요.

그저 모든 순간을 당신의 뜻 아래에 드리며,

모든 순간을 당신의 손 위에 바치며,

그렇게 저는 모든 순간들을 예배하는 마음으로 보낼 뿐입니다.

그러니 저의 이 모든 당신을 향한 사랑을 당신께서 받아주세요.

하여 제가 이 순간을 통해 당신의 얼굴을 바라보게 해주세요.

저 자신의 영광을 위해서가 아니라,

오직 높으신 당신의 영광을 위해서 지금을 살아가니,

당신께 이 세상의 모든 영광과 빛이 있을 것이며,

다만 저에게는 사랑과 평화, 행복만을 가득 채워주소서.

유일하고도 영원한 나의 소유.

저는 실제로 제 것인 것만을 찾습니다.

그리고 그것은 다름 아닌 사랑입니다.

제가 미움을, 증오를, 슬픔을, 두려움을, 이기심을,

그 모든 사랑이 아닌 것들을 찾고 구할 때

저는 늘 불안해야만 했고 아파야만 했습니다.

걱정 가득해야만 했고, 예민해야만 했습니다.

왜냐면 결코 내 것이 아닌 것들을, 내 것이 될 수도 없는 것들을

내 것으로 만들고자 하는 환상을 추구했기에

욕망하고, 움켜쥐고, 끝없이 의심해야만 했기 때문입니다.

또한 그럴수록 사랑에게서 더욱 멀어져

나라는 존재의 본질을 상실했다는 그 공허와 외로움에

늘 헛헛한 갈증을 느낄 수밖에 없었습니다.

그래서 이제는 오직 사랑만을 찾고 구합니다.

사랑만이 저를 진정 채워줄 수 있고,

행복하게 해줄 수 있고, 또한 이루어질 수 있는

오직 유일하고도 영원한 저의 소유이기 때문입니다.

진실로 저는 저 자신이지 않았던 적이 단 한 번도 없었지만,

제가 생각하는 제가 진짜 저인 적 또한 단 한 번도 없었습니다.

그리고 이제는 진짜 저로서 존재하고자 합니다.

그러기 위해 사랑의 빛을 선택하고, 사랑만을 찾고자 합니다.

그러니 이제는 제가 사랑이 아닌 모든 어둠의 생각들을

오직 사랑의 빛으로 소멸하게 해주시고,

사랑이 아닌 것들을 제가 추구하고자 유혹받는 순간마다

그 유혹을 단호하게 거절하고 지나쳐갈 수 있도록

당신께서 저를 당신의 품 안에 품은 채 지켜주고 안내해주세요.

그렇게 제가 진짜 저 자신의 존재인 사랑으로 존재하게 해주세요.

제가 미움을, 증오를, 슬픔을, 두려움을, 이기심을,
그 모든 사랑이 아닌 것들을 찾고 구할 때
저는 늘 불안해야만 했고 아파야만 했습니다.
걱정 가득해야만 했고, 예민해야만 했습니다.

왜냐면 결코 내 것이 아닌 것들을, 내 것이 될 수도 없는 것들을
내 것으로 만들고자 하는 환상을 추구했기에
욕망하고, 움켜쥐고, 끝없이 의심해야만 했기 때문입니다.

완전한 사랑.

저는 제가 가장 사랑하는 누군가를
사랑한다면서 동시에 미워합니다.
끝없이 부족한 점을 찾고, 내 기대에 못 미치는 점을 찾고,
하여 예민한 마음으로 상대방을 마주합니다.
그래서 저와 함께하는 상대방은 늘 불편함을 느낍니다.
그리고 저 또한 그로 인해 행복하지가 않습니다.
그러니 제가 저의 사랑 안에
이제는 미움을 포함하지 않을 수 있도록 저를 이끌어주세요.
저는 지금의 미움을 교사 삼아 용서를 배우고자 합니다.
그렇게 완전한 사랑을 향해 나아가고자 합니다.
서로가 서로를 열린 마음으로 바라보고 마주하고,
하여 함께함으로써 서로를 더욱 고쳐시켜주고,
그로 인해 둘 각자일 때보다 둘이 함께일 때
더욱 행복하고 사랑 가득한 관계를 만들어가고자 합니다.
그러니 저에게 있어 제가 가장 사랑하는 이 사람이
또한 제가 가장 미워하는 사람이기도 한
이 어둠과 무지, 모순으로부터 저를 구원해주세요.
제가 원하는 모습대로의 상대방일 때만 상대방을 사랑하고,
그렇지 않을 때는 미워함으로써 상대방에게 변화를 강요하는,
그 사랑 아닌 이기심으로부터 저를 구원해주세요.

지금의 미움을 통해 저는 용서를 배우고, 사랑을 배울 것입니다.

그렇게 찬연하게 빛나는 사랑, 그 완전함으로

상대방을 마주하고 사랑할 것이며, 함께하며 아낄 것입니다.

그 어떠한 감사하지 못한 마음도, 불평도, 예민함도,

기대와 실망도 없이 오직 상대방 그 자체를 사랑할 것입니다.

그것이 진정한 사랑이며, 또한 완전한 사랑이며,

무엇보다 저를 또한 행복하게 해주는 진실한 사랑이며,

그러니까 당신께서 그 사랑으로 저를 안내하고 이끌어주소서.

그러니 저에게 있어 제가 가장 사랑하는 이 사람이

또한 제가 가장 미워하는 사람이기도 한

이 어둠과 무지, 모순으로부터 저를 구원해주세요.

제가 원하는 모습대로의 상대방일 때만 상대방을 사랑하고,
그렇지 않을 때는 미워함으로써 상대방에게 변화를 강요하는,
그 사랑 아닌 이기심으로부터 저를 구원해주세요.

판단의 몫.

저의 모든 판단을 당신께 드립니다.

그러니까 누군가가 저에게 상처 주는 말을 했다고 해도,

그것에 대해 이제 저는 판단하지 않습니다.

그것에 있어 잘못이 있다면 당신께서 판단하실 것이고,

하여 언젠가 적당한 형태로 책임을 물으실 것이기 때문입니다.

그러니까 그가 배울 수 있도록

사랑의 마음으로 당신께서 가르치실 것이기 때문입니다.

뿐만 아니라 저는 저의 선행에 대해서도 판단하지 않습니다.

그것 또한 당신께서 판단할 문제이지,

제가 판단한 채 저를 치켜세울 문제가 아니기 때문입니다.

그러니 제가 저의 미숙하고 오류 많은 판단에 의지하기보다

절대적으로 공정한 당신께서만 모든 것을 판단하시도록

당신께 저의 모든 판단을 내어주게 해주세요.

그 믿음과 내려놓는 마음을 제게 선물해주세요.

하여 이제 저는 모든 판단의 순간을 당신께 드립니다.

그 어떤 판단의 유혹으로부터도 유혹받지 않습니다.

저의 옳고 그름과 저의 잘함과 못함, 저의 선과 악,

그 모든 것들에 대해 저는 그 무엇도 완벽히 알기 못하며,

하여 그것을 제가 판단하고자 하는 것 자체가 오만이기 때문입니다.

그래서 오직 겸손한 마음으로 당신께 지혜를 구합니다.

그러니 당신께서 저에게 판단하지 않는 자유와 평화를 주세요.

그렇게 제 모든 판단은 당신께서 받으시고,

저에게는 오직 이해와 사랑의 마음만을 가득 채워주세요.

그렇게 제가 오늘, 더 많이 이해하고 사랑하게 해주세요.

반석 위의 집.

제가 제 마음의 집을 모래가 아니라 바위 위에 짓게 해주세요.
제가 모래 위에 집을 지을 때,
그 집은 상대방의 목소리, 표정, 말투, 행동 하나에도
쉽게 무너지기 마련이라 저는 언제나 불안에 떨어야만 합니다.
하지만 제가 바위 위에 집을 지을 때,
그때는 세상의 날씨와 변덕, 타인의 불친절과 같은 것들에 의해
제 마음의 행복과 평화가 흔들리는 일은 일어나지 않을 것입니다.
그러니 제가 보다 영원한 것에 가치를 두고,
그 가치들 위에 저의 집을 짓도록 당신께서 이끌어주세요.
저는 제 행복과 평화를 잃기에 너무나도 사소한 것들을
사소하게 생각하지 못해 중요한 의미를 부여하고,
하여 곱씹은 채 골몰하며 그것에 지배받습니다.
하지만 그래서는 행복할 수도, 사랑할 수도 없습니다.
그러니 제가 그 모든 사소한 것들의 유혹 앞에서
단 한 순간의 망설임도 없이 그것들을 내려놓을 수 있게 해주시고,
하여 더 이상 그 환상에 빠져 오해를 부풀리지 않게 해주세요.
제가 중요하게 생각해왔던, 사실은 전혀 중요하지 않을 것들을
그래서 이제는 제 안에서 놓아줍니다. 그렇게 내려놓습니다.

제가 그것들을 중요하게 생각할 때,

아무런 힘도 가치도 없는 그것들에 비로소 힘이 생겨

그것들은 저를 가두는 감옥이 되어 저를 옭아매기 시작하고,

그렇게 그곳에 갇힌 저는 다른 사람들까지 그곳에 가두고,

그래서 그때는 모두가 그 불행의 감옥 안에서 아파야만 합니다.

그래서 이제는 저 자신을 비롯한 상대방과 세상 모두를

그 불행의 관점에서부터 풀어줍니다. 그렇게 자유를 줍니다.

그러니 제가 영원한 행복이 있는 바위 위에 선 채

오직 담대하고 군건한 마음으로 흔들림 없이 사랑하게 해주세요.

저는 제 행복과 평화를 잃기에 너무나도 사소한 것들을
사소하게 생각하지 못해 중요한 의미를 부여하고,
하여 곱씹은 채 골몰하며 그것에 지배받습니다.
하지만 그래서는 행복할 수도, 사랑할 수도 없습니다.

제가 중요하게 생각해왔던, 사실은 전혀 중요하지 않을 것들을

그래서 이제는 제 안에서 놓아줍니다. 그렇게 내려놓습니다.

변화를 위한 기도.

저는 오늘 저의 삶을 바꿔달라고 기도하기보다,

저 자신을 바꿔달라고 기도합니다.

제 삶 안에서 어떤 좋은 기회가 찾아오더라도,

여전히 제 존재가 전과 같이 그대로라면

저는 전과 같이 고통받을 수밖에 없기 때문입니다.

그러니 저 자신의 존재를 바꿔주세요.

제가 더 선한 사람일 수 있도록,

제가 더 많이 용서하고 사랑하는 사람일 수 있도록,

더 이해하고, 더 다정하고, 더 너그러운 사람일 수 있도록,

그렇게 당신께서 저의 존재를 어루만져주세요.

저 자신의 존재가 바뀔 때,

그때야 비로소 제 삶의 모든 문제들 또한

자연스럽게 해결되고 조화를 찾기 시작할 것이기 때문입니다.

모든 삶의 상황들은 그 변화를 위해 저를 찾아온

소중한 성숙의 선물이자 기회이기 때문입니다.

그래서 제가 변하지 않으면,

저의 삶은 여전히 전과 같은 일들을 제게 선물할 것입니다.

그 선물을 통해 제가 변할 수 있기를 바라면서

제가 변할 때까지 저를 찾아와 저를 끌어안을 것입니다.

그러니 이제는 삶이 아니라 저라는 존재를 변화시킵니다.

그 진정한 치유와 근원적인 변화를 당신께 요청합니다.

그 변화를 위해 오늘 하루를 당신께 바치니,

당신께서 저를 받아주시고 저를 다시 세워주세요.

제가 더욱 이해하고 사랑하는 사람일 수 있도록 도와주세요.

저 자신의 존재가 바뀔 때,

그때야 비로소 제 삶의 모든 문제들 또한

자연스럽게 해결되고 조화를 찾기 시작할 것이기 때문입니다.

모든 삶의 상황들은 그 변화를 위해 저를 찾아온
소중한 성숙의 선물이자 기회이기 때문입니다.
그래서 제가 변하지 않으면,
저의 삶은 여전히 전과 같은 일들을 제게 선물할 것입니다.

존엄과 사랑.

저에게 잘못을 저지른 사람은 저에게 공격을 구하는 것이 아니라
이해와 사랑을, 용서와 자비심을 구하고 있는 것입니다.
그래서 저는 비판하는 마음과 공격적인 태도를 내려놓고
오직 존중과 사랑으로 그를 도와주고자 합니다.
공격을 감춘 거짓 달콤함과 사랑은
그것을 무엇으로 가린들 여전히 공격일 뿐이기에
상대방의 마음에 그와 같은 공격과 방어를 일으키지만,
진정한 사랑은 그의 마음을 어루만지고 치유할 것입니다.
또한 누군가가 저에게 잘못을 저질렀을 때
그것을 용서한다는 것이 진정으로 의미하는 바는
마음속으로는 여전히 미워하지만 좋은 사람인 척하는 것도 아니고,
그의 잘못을 거절하기가 두려워 속으로 삭이거나
거절하는 것이 죄스럽게 여겨져 억지로 함께하는 것도 아닙니다.
당신과 저는 살아가는 방식이 달라 함께할 수는 없지만,
그럼에도 저는 당신의 방식을 충분히 존중합니다, 하는
그 존엄과 사랑을 바탕으로 예와 아니요를 말하는 것입니다.
저의 마음은 매 순간 저 자신에게 그 존엄을 요청하고 있습니다.
그리고 상대방은 매 순간 저에게 진정한 사랑을 요청하고 있습니다
그러니 제가 제 마음과 상대방의 요청을 외면하지 않게 해주세요.

거짓된 다정함과 끝없는 공격을 낳는 공격적인 자세가 아니라,

오직 그 사랑과 존엄의 마음만이 저를 위할 수 있고,

또 상대방을 진정으로 위할 수 있는 유일한 진실이기 때문입니다.

그러니 그 진실한 마음으로 제가 저와 사람들을 마주할 수 있도록

당신께서 안내하고 지켜주세요. 그렇게 이 관계를 축복해주세요.

누군가가 저에게 잘못을 저질렀을 때

그것을 용서한다는 것이 진정으로 의미하는 바는

마음속으로는 여전히 미워하지만 좋은 사람인 척하는 것도 아니고,

그의 잘못을 거절하기가 두려워 속으로 삭이거나

거절하는 것이 죄스럽게 여겨져 억지로 함께하는 것도 아닙니다.

당신과 저는 살아가는 방식이 달라 함께할 수는 없지만,
그럼에도 저는 당신의 방식을 충분히 존중합니다, 하는
그 존엄과 사랑을 바탕으로 예와 아니요를 말하는 것입니다.

매 순간의 예배.

저는 오늘 한 걸음 물러나
당신께서 저의 길을 안내하시게 하겠습니다.
그러니 저의 뜻이 아닌 당신의 뜻대로 저를 사용해주세요.
그러기 위해 당신께서 저에게 요구하시는 것은
오늘 하루 온종일 당신의 음성에 귀를 기울이는
그 작은 정성과 당신을 향한 신뢰밖에 없습니다.
그래서 저는 당신을 생각합니다.
그리고 당신께 믿음으로 저의 생각과 계획을 맡깁니다.
누군가를 판단하고자 하는 잣대와
과거와 미래의 일 모두를 당신께 내어드립니다.
그러니 오직 당신께서 판단하시고,
당신께서 저의 하루를 주관해주세요.
저 자신의 이기심과 욕망이 아니라,
이 세상을 위한 사랑으로써 나아가게 해주세요.
그러기 위해 오늘 고요하게 머물며 당신께 제 하루를 드립니다.
순간순간 떠오르는 생각과 계획, 갈등에 집중하기보다
지금 이 순간의 무한한 침묵과 당신의 사랑에 집중합니다.
당신께서 저를 신뢰하시어 당신을 대신하여 사랑해주라고
제게 보내준 모든 인연을 당신의 마음으로 사랑합니다.

그렇게 모든 곳, 모든 생명에게서 당신을 바라봅니다.
그리고 그 모든 일 안에서 저 또한 당신을 신뢰하기에
당신께서 저의 길을 안내하시게 모든 것을 내어드리며,
그렇게 오늘 하루가 신성한 예배와 기도가 되게 하겠습니다.

오늘의 책임.

돌이킬 수 없는 과거를 편집하고 후회하기보다,

다가오지 않은 앞선 미래를 걱정하고 불안해하기보다,

지금 이 순간 제가 무엇을 할 수 있을지를 고민하고

주어진 오늘 하루를 가장 지혜롭게 보낼 수 있게 해주세요.

그렇게 저는, 제가 선택하고 변화시킬 수 있는 유일한 시간인

지금 이 순간을 통해 저의 행복과 사랑을 고취시키고자 합니다.

그러기 위해 과거의 원망과 후회, 미련과 아픔을 놓아줍니다.

그러기 위해 미래의 걱정과 불안, 그 불확실성을 놓아줍니다.

다만, 저를 누구보다 가장 사랑하고 아낄 의무가 있는

제 영혼의 책임자로서 저는 오늘의 행복만을 염려하고 살핍니다.

그리고 제가 저 자신을 행복하게 해주기 위해

지금 선택해야 할 것들은 이미 분명하고 확실합니다.

그것은 바로 사랑과 용서입니다. 침묵과 평화입니다.

제 곁에 함께하고 있는 동료들을 향한 따뜻한 연민의 감정과

그들을 향한 포근한 미소입니다. 사랑스러운 포옹입니다.

그리고 제 일에 대한 반듯한 책임감으로써의 열정입니다.

다른 모든 감정들은 그 위대한 지금 이 순간의 일 앞에서

너무나도 작고 가치가 없기에 그것에 낭비할 시간은 없습니다.

그래서 저는 오늘을 살아가는 사람이 됩니다.

지금 이 순간의 책임감으로 찰나의 시간을 보내는 사람이 됩니다.

제가 미룰 것이 있다면 오늘의 사랑과 용서가 아니라

어제의 후회와 원망, 내일의 걱정과 불안입니다.

그리고 내일도 저는 내일의 오늘을 살아갈 것이기에

과거와 미래의 어둠은 더 이상 제 곁에 서성이지 못할 것입니다.

그러니 지금 이 순간을 당신께 바치니 당신께서 받아주세요.

그렇게 당신의 뜻을 위해 저를 사용하여 주세요.

빛이 있기를.

제가 존재하지 않는 것 대신에
존재하는 것을 바라볼 수 있도록 해주세요.
그러니까 어둠 대신에 빛을,
누군가가 이렇지 않아서 싫다는 결핍 대신에
누군가가 이래서 좋다는 실재를,
내게 무엇이 없어서 부족하다는 욕망 대신에
내게 주어진 것들을 더욱 세어보는 감사를,
그 모든 있음과 존재를 바라보게 해주세요.
그렇게 타인의 단점에 골몰하기보다
장점을 더욱 바라봐주고 고취시켜주는 사람,
내게 주어지지 않은 것들에 불평하기보다
주어진 것들에 만족하고 감사하는 사람,
그런 너그럽고도 다정한 제가 될 수 있게 해주세요.
제가 존재하지 않는 환상을 바라볼 때
저는 하루하루의 불행이라는 지옥을 살아가게 될 것이며,
제가 이미 존재하고 있는 진짜 세상을 바라볼 때
저는 하루하루의 행복이라는 천국,
그 아름다움 빛의 세계를 살아가게 될 것이기 때문입니다

그러니 제가 저 자신에게 이미 주어진 것들에,

또한 타인이 이미 지니고 있는 것들에 오직 감사하게 해주세요.

그렇게 저는 이제는 어둠에서부터 벗어나

빛의 세계를, 무한한 천국의 세계를 살아갈 것입니다.

누군가가 이렇지 않아서 싫다는 결핍 대신에
누군가가 이래서 좋다는 실재를,
내게 무엇이 없어서 부족하다는 욕망 대신에
내게 주어진 것들을 더욱 세어보는 감사를,
그 모든 있음과 존재를 바라보게 해주세요.

그렇게 타인의 단점에 골몰하기보다
장점을 더욱 바라봐주고 고취시켜주는 사람,
내게 주어지지 않은 것들에 불평하기보다
주어진 것들에 만족하고 감사하는 사람,
그런 너그럽고도 다정한 제가 될 수 있게 해주세요.

진정한 믿음.

진정한 믿음이란,

제가 당신을 믿으면 당신이 저에게 이것을 줄 것이라는

조건을 다는 협상이 아닙니다.

진정한 믿음이란,

여전히 생각하고, 여전히 계획하고, 여전히 욕망하지만,

그 모든 것이 더 잘 일어나게 하기 위해

당신을 믿는 척 당신께 기도하는 거짓된 마음도 아닙니다.

진정한 믿음이란 당신을 진정 믿기에

저의 모든 것을 당신께 드리고 바칠 만큼의

내려놓음을 동반하는 당신을 향한 신뢰이자 확신입니다.

믿는다면서 계획하고, 믿는다면서 생각하고,

믿는다면서 여전히 많은 것을 욕망하며,

그렇게 삶을 통제하고 많은 것을 기대하고 있다면

그것이 어떻게 해서 당신을 향한 믿음일 수 있겠습니까.

그것은 진정 저 자신에 대한 오만일 뿐일 것입니다.

믿지 못해 불안해하는 믿음 없는 자의 발버둥일 뿐일 것입니다.

그러니 저는 오늘 당신께 저의 믿음을 바칩니다.

저에게 찾아오는 걱정, 생각, 불안, 욕망,

그것이 무엇이든 그것들을 믿음으로 당신께 드립니다.

그것을 모두 드리면 내 삶이 엉망이 되지 않을까, 하는
그 모든 생존의 욕구조차도 당신께 드립니다.
그러니 당신께서 제 삶을 주관하소서.
당신께 제 생명까지 드리니, 저의 생명을 사용하여주시고,
오직 높으신 당신의 뜻과 계획 아래에 저를 두소서.

중심 있는 말.

제가 말을 할 때 곧고 선한 중심과 함께 말하게 해주세요.
그러니까 상대방이 무엇인가를 잘못했을 때,
상대방의 잘잘못을 따지고, 탓하고, 책하는 말이 아니라
정말로 그 사람을 위한 마음 하나로
좋은 방향과 선한 방향을 안내하고 권유하게 해주세요.
그 사람이 제게 한 것이 미워서가 아니라,
그가 그 자신의 잘못된 행동을 바로잡지 못할 때
그 사람이 앞으로 겪게 될 아픔과 외로움,
그러니까 제가 그것만을 생각해서 조언할 수 있게 해주세요.
그렇게 말할 때만이 상대방의 저항을 이끌어내지 않은 채
진정한 변화를 이끌어주고 안내해줄 수 있기 때문입니다.
저 자신의 감정은 상대방의 감정을 이끌어내지만
그 모든 감정 위에 있는 사랑은
마찬가지로 상대방에게서도 사랑을 이끌어낼 것이기 때문입니다.
세상에는 꼭 해야 할 말과 하지 않아도 될 말이 있는 것이고,
상대방과 저 자신을 위해 꼭 할 필요가 있는 말이라면
그것은 이렇고 저렇다는 식의 복잡한 감정이 아닌
이것은 이것이다, 하는 간결한 중심으로 해야 하기 때문입니다.

그리고 그런 뒤에 혹여나 상대방이 서운해하더라도,

그 사람을 위해 그 서운함을 제가 기꺼이 감당하게 해주세요.

그 서운함을 이겨내지 못하는 연약한 마음에 제가 끌려다닐 때,

그것은 상대방의 변화를 다시 가로막을 것이 뻔하기 때문입니다.

그래서 저는 그 모든 것을 그럼에도 감내하는 사랑으로 말합니다.

제가 상대방에게 했던 모든 말들은 진정 상대방을 위한 사랑,

오직 그 선하고 중심 있는 의도에서 나온 말이기 때문입니다.

사랑의 초점.

제가 오직 사랑에 저의 초점을 맞추게 해주세요.
결국 누군가를 사랑하는 일이란,
그 사람의 결점과 단점, 실수와 잘못이 아니라
그 사람의 사랑에 초점을 두는 일이며,
하여 사랑의 시선으로 그 사람을 마주하는 일이기 때문입니다.
그리고 저는 오늘, 그 사랑만을 선택하고자 합니다.
그러니까 오직 사랑만을 보겠다고 다짐한 채
사랑이 아닌 모든 시선과 초점의 유혹을 거절하고자 합니다.
그 사랑의 일을 당신께서 도와주시고 저와 함께해주세요.
끝없이 저를 찾아오는 사랑 아닌 것들의 유혹을
당신의 무한한 사랑과 빛으로 거두어주세요.
그렇게 당신이 저를 사랑하듯, 제가 타인을 사랑하게 해주세요.
그 사랑을 가르쳐주세요. 그 사랑을 배우게 해주세요.
그렇게, 사랑함으로써 제가 사랑이라는 것을 기억하게 해주세요.
사랑이 아닌 것은 결국 환상이며,
하여 모든 환상을 거두어낼 때 바라보게 될 세상이야말로
진실한 세상이며, 실재하는 세상이며, 유일한 진짜이기 때문입니다.
그리고 제가 누군가를 사랑하고자 마음먹을 때,
그 사랑을 담고 품는 것은 결국 저 자신이기에
그것은 결국 나를 사랑하겠다고 다짐하는 일이기 때문입니다.

그러니 제가 사랑함으로써 사랑이 되고,

사랑함으로써 사랑받으며, 사랑함으로써 진실을 알게 해주세요.

사랑만이 오직 유일하게 가치가 있으며,

제가 오직 사랑하기 위해 이곳에 태어났다는 것을,

그렇게 저 자신이 사랑임을 기억하기 위해 숨 쉬며 존재하며

살아가고 있다는 것을, 하여 반드시 제가 기억하게 해주세요.

결국 누군가를 사랑하는 일이란,

그 사람의 결점과 단점, 실수와 잘못이 아니라

그 사람의 사랑에 초점을 두는 일이며,

하여 사랑의 시선으로 그 사람을 마주하는 일이기 때문입니다.

사랑이 아닌 것은 결국 환상이며,
하여 모든 환상을 거두어낼 때 바라보게 될 세상이야말로
진실한 세상이며, 실재하는 세상이며, 유일한 진짜이기 때문입니다.

사랑의 말.

말은 오직 사랑을 표현하기 위해

당신께서 제게 주신 소중한 선물입니다.

그래서 저는 오직 사랑의 말만을 하고자 합니다.

미움의 말, 비난의 말, 판단의 말, 분노의 말,

깎아내리는 말, 조롱의 말, 혐오의 말,

그것이 무엇이든 사랑이 아닌 말은

당신께서 제게 주신 권한을 넘어선 말이기 때문입니다.

그래서 제가 말을 말의 목적에 맞게 사용하지 않을 때

당신께서는 제가 스스로 죄책감을 느끼도록,

아픔과 슬픔을, 갈등과 불안을 느끼도록 하셨습니다.

그리고 저는 그것이 당신의 소중한 안내임을 이제는 압니다.

그래서 저는 이제 제 마음이 아프지 않을 수 있게

또 저로 인해 상대방이 아프지 않을 수 있게

제게 주어진 권한대로만 말을 사용하고자 합니다.

때로 친구들과 수다를 떨고, 가족들과 대화를 하고,

또 직장 동료들과 업무 이야기를 하기도 하지만,

그래서 그에 적절한 말, 필요한 말을 하기도 하지만,

이제는 그 모든 말이 사랑 아닌 것이 될 수 없는 이유는

제가 사랑의 목적을 언제나 기억하고 있는 채이기 때문입니다.

그러니까 제가 이제는

말의 목적을 사랑이 아닌 것에 두고 있지 않기에

사랑이 아닌 필요의 말을 하는 순간에도

그것은 그 자체의 목적이 되지 않으며,

무엇보다 제가 이제는 어떤 말을 하는 순간에도

그 말의 감정 안에 사랑의 의도를 가득 품고 있으며,

또 그 모든 순간을 사랑의 눈으로 바라보고 있기 때문입니다.

그렇게 저는 당신께서 주신 선물을 선물대로 받습니다.

미움의 말, 비난의 말, 판단의 말, 분노의 말,
깎아내리는 말, 조롱의 말, 혐오의 말,
그것이 무엇이든 사랑이 아닌 말은
당신께서 제게 주신 권한을 넘어선 말이기 때문입니다.

생각의 주인.

나 자신의 생각을 결정할 힘은 오직 나에게 있습니다.

그래서 저는 오늘 제 생각이 주인이 되고자 합니다.

그렇게 저는 저의 생각만이 저에게 고통을 가져올 수 있으며,

그 외의 어떤 것도 어떤 식으로도 저를

아프게 하거나 다치게 할 수 없다는 것을 알아가고자 합니다.

진실로 저 자신의 생각을 제외하고는 그 누구도,

그 어떤 식으로도 저에게 영향을 끼칠 수 없습니다.

결국 고통받는 것도, 상처받는 것도,

외부 때문이 아니라 제가 그러길 선택했기 때문이며,

그러니까 제가 그것을 고통과 상처라 여긴 채

끝없이 곱씹고 그것에 에너지와 감정을 부여했기 때문이며,

그래서 사실 그 고통과 상처는 제가 오롯이 선택한 것입니다.

그리고 진실하게 그것을 바라보고 인정할 수 있어야만

저는 제 생각의 진정한 주인이 된 채

외부를 탓하고 변화시키려고 하기보다 저 자신의 생각을

아름답게 변화시키고자 마음먹을 수 있을 것입니다.

그렇게 저 자신의 주권과 권능을 회복할 수 있을 것입니다.

결국 제가 세상이 이래서 아름답지 않다고 생각하지 않는 한,

세상은 있는 그대로 아름답습니다.

늘 그렇듯, 그런 세상으로 여전히 존재하고 있을 뿐입니다.

그러니까 그 있는 그대로를 있는 그대로 바라보지 못한 채

끝없이 어떠하다고 판단하는 제 내면의 생각으로 인해

모든 고통과 아픔, 불행, 슬픔, 갈등이 생겨나는 것입니다.

그래서 저는 오늘 저의 외부에 저의 시선을 두지 않습니다.

그곳에 저의 마음과 저의 생각, 저의 감정을 두지 않습니다.

오직 저 자신의 내부에만 온전한 집중과 시선을 둡니다.

하여 저 자신의 어떤 면이 제게 그러한 생각을 일으켰는지,

그것을 살핀 채 당신께 그 생각의 근원을 내려놓고자 합니다.

그러니 당신께서 저의 생각을 받으시고,

제 마음에 사랑을 가득 채워주세요. 용서를 가득 채워주세요.

그렇게, 저 자신을 상처 입힐 수 있는 것은

오직 저 자신의 생각밖에 없다는 것을 제가 이해하게 해주세요.

결국 제가 세상이 이래서 아름답지 않다고 생각하지 않는 한,
세상은 있는 그대로 아름답습니다.
늘 그렇듯, 그런 세상으로 여전히 존재하고 있을 뿐입니다.

그러니까 그 있는 그대로를 있는 그대로 바라보지 못한 채
끝없이 어떠하다고 판단하는 제 내면의 생각으로 인해
모든 고통과 아픔, 불행, 슬픔, 갈등이 생겨나는 것입니다.

사랑의 회복.

상대방이 제게 저질렀다고 생각하는

모든 미운 행동이 사실은 일어나지 않은 일임을

제가 이해하고 바라볼 수 있게 해주세요.

왜냐면 모든 미움의 근원은 제 마음 안에 있기 때문입니다.

제가 세상을 바라보는 방식에 있기 때문입니다.

그래서 어떤 행동이 있을 뿐, 그 행동이 밉다는 것은

제가 세상을 바라보는 방식이 빚어낸 오해입니다.

그래서 저는 제가 미워했던 상대방의 모든 행동에 대해

그것이 사실은 일어나지 않았음을 이해하고

그것에 무죄를 선언하고자 합니다. 그렇게 용서하고자 합니다.

그 용서를 통해서, 제 마음의 칠판에 새겨진

미움을 불러일으키는 저만의 온갖 관념들을 지우고,

그렇게 깨끗하고 맑은 시선을 회복하고자 합니다.

그러니 제가 지금의 미움을 통해서

그 용서를 실현하고 배울 수 있게 해주세요.

이것을 계기로 저의 사랑을 회복하고,

그 회복된 사랑으로 더욱 행복한 삶을 마주할 수 있게 해주세요.

제가 어떤 점에 대해서 용서할 때,

그건 사실 제 마음 안의 어떤 점을 용서하는 일이며,

하여 저는 용서함으로써 용서받는 자가 됩니다.

그래서 지금의 미움은 제게 그 용서를 가르쳐주고,

제 마음 안의 어떠한 약점을 극복하고 초월하게 해주는,

하여 제가 진정한 저 자신의 근원인 사랑으로 되돌아가게 해주는

이 세상 그 무엇보다 제게 소중한 가르침이자 선물입니다.

저를 더욱 행복한 사람으로 만들어줄 계기이자,

당신께서 제게 내려주신 은혜롭고 감사한 축복입니다.

그러니 저는 지금의 미움을 미움의 대상으로 보기보다

저의 스승으로 여긴 채 감사하며 배우고자 합니다.

그렇게 세상의 천진난만함을 바라보고, 무죄를 바라보고,

모든 행동 뒤에 있는 본질인 사랑을 바라보고자 합니다.

그렇게 함으로써 저 자신의 사랑을 회복하고자 합니다.

하여 모든 미움이 저만의 환상이었음을 진정 깨닫고자 합니다.

왜냐면 모든 미움의 근원은 제 마음 안에 있기 때문입니다.
제가 세상을 바라보는 방식에 있기 때문입니다.
그래서 어떤 행동이 있을 뿐, 그 행동이 밉다는 것은
제가 세상을 바라보는 방식이 빚어낸 오해입니다.

제가 어떤 점에 대해서 용서할 때,
그건 사실 제 마음 안의 어떤 점을 용서하는 일이며,
하여 저는 용서함으로써 용서받는 자가 됩니다.

죄수와 간수.

제가 누군가를 저라는 미움의 감옥에 가둬둘 때,

사실 그것은 제가 미워하는 그 사람뿐만이 아니라

저 자신까지도 그 감옥에 가둬두는 일입니다.

왜냐면 감옥에 갇힌 죄수를 감옥에서 지키기 위해서는

언제나 그 죄수를 지키는 간수가 필요하기 때문입니다.

그처럼 저는 지금 제가 제 마음의 감옥에 가두어 둔

그 죄수를 지키기 위해서 늘 그 죄수를 바라보고 있습니다.

하루 종일 그 죄수 생각을 하며 그 죄수에 대한 미움을 곱씹으며,

그렇게 제 마음의 감옥 안에 그를 더욱 깊이 가두어두고 있습니다.

그래서 저 또한 더욱 깊이 그 감옥에 속박되어

자유를 잃고, 행복을 잃고, 평화를 잃어가고 있습니다.

그래서 저는 이제 저에게 자유를 선물해주고자 합니다.

죄수를 풀어줌으로써 저 또한 풀려나고자 합니다.

놓아줌으로써 저 자신을 놓아줄 것이며,

그렇게 저 자신의 무한한 자유를 되찾고자 합니다.

하루가 그 미움으로 인해 늘 제한받아왔고,

그래서 저는 기쁨과 행복을 잃은 채 늘 불행해야 했습니다.

그리고 이제는 그 모든 불행에 자유를 선언할 때입니다,

미움의 가장 큰 피해자는 다름 아닌 저 자신이며,

용서의 가장 큰 수혜자 또한 다름 아닌 저 자신이라는 것을

그렇게 진정 알아가고 그 앎을 내 것으로 소유할 때입니다.

그러니 제가 미움이라는 제 마음의 감옥으로부터

이제는 진정한 자유를 얻을 수 있도록 당신께서 도와주세요.

놓아주고, 내려놓고, 용서하고자 할 때마다 주저하게 되고,

또 망설이게 되는 저 자신을 붙들어주세요.

무엇보다 그것이 상대방의 자유를 위한 일이 아니라

저 자신의 자유와 행복을 위한 일임을 알게 해주세요.

그렇게 반드시, 오늘을 용서의 날로 완성하게 해주세요.

시간의 의미.

시간이 제게 주어진 유일한 의미는
오직 사랑과 용서를 실현하기 위해서입니다.
그러니 제가 시간의 의미를 그 의미에 맞게 사용하게 해주세요.
때로 저는 제게 주어진 시간을
누군가를 미워하고, 원망하고, 증오하고, 분노를 곱씹고,
욕망하고, 슬픔에 빠진 채 아파하고, 그렇게 사용하지만
그래서 그때의 저는 공허할 수밖에 없습니다.
당신께서 시간을 이렇게 쓰라고 제게 주셨는데,
제가 그것을 다르게 쓰기에
저를 올바른 길로 안내하기 위해서 당신은
제 마음에 공허함을 일으켜 저에게 말씀하시기 때문입니다.
그리고 이제는 그것을 완전하게 아는 저이기에
시간을 그 시간의 의미에 맞게만 쓰고자 합니다.
하여 오직 용서하고 사랑하니, 그로 인해 공허함 대신에
무한한 행복과 평화가 제 마음 안에 가득 차게 합니다.
그리고 그 일의 완성을 위해 지금,
제 마음속에서 올라오는 사랑과 용서가 아닌 모든 것들을
그저 한 번 바라보는 것만으로도 전부 녹이시는 당신께
오직 드리고 바치오니, 당신께서 그것을 바라봐주세요.

제 마음속 아주 깊숙한 곳에 숨겨져 있는

사랑과 용서가 아닌 것까지도 모두 찾아 당신께 드립니다.

그리고 그 헌신과 내려놓음 또한 용서와 사랑이기에

저는 오늘 무한한 행복과 평화와 함께할 것이며,

그 안에서 당신과 함께 고요하게 쉬어갈 것입니다.

때로 저는 제게 주어진 시간을

누군가를 미워하고, 원망하고, 증오하고, 분노를 곱씹고,

욕망하고, 슬픔에 빠진 채 아파하고, 그렇게 사용하지만

그래서 그때의 저는 공허할 수밖에 없습니다.

당신께서 시간을 이렇게 쓰라고 제게 주셨는데,
제가 그것을 다르게 쓰기에
저를 올바른 길로 안내하기 위해서 당신은
제 마음에 공허함을 일으켜 저에게 말씀하시기 때문입니다.

감사의 대상.

저는 누군가를 사랑한 다음에,

그 사람이 저의 그 사랑에 감사의 표현을 후하게 하지 않을 때

곧장 그 사랑을 미움과 분노로 바꾼 채 거두어들입니다.

저의 사랑을 받은 사람은

사랑받을 자격이 없는 사람이라고 판단하고 단정해버립니다.

하지만 감사는 오직 저 자신에게만 할 수 있는 것입니다.

그래서 그 사람이 제게 감사하고 하지 않고는,

또 그 사람이 사랑받을 만한 사람인지 아닌지는

제가 관심을 가지거나 판단할 수 있는 부분이 아닙니다.

왜냐면 제가 저의 사랑을 줌으로써,

저는 제 마음 안에서 그 사랑의 부분을 활성화시켰으며,

그래서 그 사랑은 사실 제가 저 자신에게 준 것이기 때문입니다.

그래서 그건 제가 저 자신에게 스스로 감사해야 할 부분입니다.

또한 세상에 많은 사람들이 사랑 앞에서 인색한데,

저는 그들과 달리 사랑을 베풀 수 있는 너그러운 사람이며,

그래서 제가 그럴 수 있음에 저는 사실 저에게 감사해야 합니다.

왜냐면 우리는 오직 사랑함으로써 행복에 이르니,

많은 사람들이 사랑할 수 있음에도 그러지 못해 스스로 불행하며,

하지만 저는 그들과 달리 사랑의 능력이 타고났기 때문입니다.

그러니 제가 저의 사랑에 상대방이 감사하지 않는다고 해서

그 사랑을 도로 무르는 실수를 스스로 저지르며

저 자신의 행복을 스스로 제한하고 가두지 않게 해주세요.

제가 용서하고 사랑할 때,

그건 분명 저의 행복을 위해서 제가 스스로 선택한 일입니다.

그러니 제가 그 마음을 그 마음 그대로 지켜낼 수 있게 해주세요.

상대방이 알아주지 않아도 당신께서 알고, 제가 알고,

그렇다면 제가 더 이상 누구에게 알아줌을 더 바랄 수 있을까요.

그러니 제가 다정했음에 대해, 사랑했음에 대해

오직 저 자신에게, 그리고 당신에게 감사하게 해주세요.

그렇게 모든 사랑의 표현이 주는 영광을

당신께 바치는 제물이자 예배로 바칠 수 있게 해주세요.

저는 줌으로써 받으며,

그래서 사실 주는 것과 받는 것은 하나이기 때문입니다.

제가 준 것을 이 땅에서 도로 받지 않을 때,

그건 하늘에 저의 보물을 가득 쌓는 일이 되기 때문입니다.

하지만 감사는 오직 저 자신에게만 할 수 있는 것입니다.
그래서 그 사람이 제게 감사하고 하지 않고는,
또 그 사람이 사랑받을 만한 사람인지 아닌지는
제가 관심을 가지거나 판단할 수 있는 부분이 아닙니다.

저는 줌으로써 받으며,

그래서 사실 주는 것과 받는 것은 하나이기 때문입니다.

제가 준 것을 이 땅에서 도로 받지 않을 때,

그건 하늘에 저의 보물을 가득 쌓는 일이 되기 때문입니다.

믿음.

진정한 믿음이란 계획하지 않는 마음입니다.

믿는다면서 내일을 걱정하고,

믿는다면서 미래의 경제력을 걱정하고,

믿는다면서 무엇을 먹을지, 입을지를 걱정하고,

그것은 사실 믿음의 상태가 아니라 의심의 상태이기 때문입니다.

미움 또한 마찬가지입니다.

믿는다면서 여전히 누군가를 미워하고,

누군가가 과거에 내게 저지른 잘못을 심판하고,

그로부터 입은 손해를 계산한 채 끝없이 곱씹고,

그것 또한 믿음의 상태가 아니라 의심의 상태인 것은

용서하고 사랑할 때 당신이 제가 입은 손해와 아픔,

그 모든 것을 치유하고 회복하고 채워주실 것임을 믿지 못하기에

그것을 제가 스스로 해결하고자 미워하는 것이기 때문입니다.

그래서 진정한 믿음은 내 모든 계획과 생각, 마음조차도

단 한 치의 의심도 없이 당신께 바치는 일입니다.

제가 당신이 제 주인이며, 제 아버지임을 믿는데,

당신이 사랑이시며, 자애이시며, 완전한 빛임을 믿는데,

어떻게 당신의 발아래에서 걱정이란 걸 할 수 있을까요

그래서 저는 오늘 당신께 저의 모든 것을 바칩니다.

제 생각, 제 마음, 제 계획, 미움과 의심, 갈등, 걱정,

그것이 무엇이든 당신을 향한 믿음으로 내려놓습니다.

그렇게 당신과 함께 온전히 지금에 머무를 것입니다.

제가 당신께 제 모든 것을 드릴 때,

제 삶의 오늘과 내일은 제가 걱정해야 할 저의 소관이 아니라,

당신께서 저를 대신하여 걱정하실 당신의 소관이 되는 것이며,

하여 그때는 오직 높으신 당신께서, 제 유일한 주인인 당신께서

저를 살피시고 보호하시고 안내하실 것임을 저는 믿기 때문입니다.

믿는다면서 여전히 누군가를 미워하고,

누군가가 과거에 내게 저지른 잘못을 심판하고,

그로부터 입은 손해를 계산한 채 끝없이 곱씹고,

그것 또한 믿음의 상태가 아니라 의심의 상태인 것은

용서하고 사랑할 때 당신이 제가 입은 손해와 아픔,

그 모든 것을 치유하고 회복하고 채워주실 것임을 믿지 못하기에

그것을 제가 스스로 해결하고자 미워하는 것이기 때문입니다.

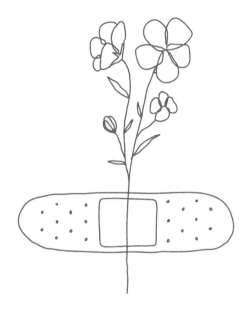

영원한 무죄.

진정한 용서란,

누군가가 제게 저지른 잘못을 용서하는 일이 아닙니다.

진정한 용서란,

누군가가 제게 저지른 잘못이

사실은 잘못이 아니었음을 알아보는 일입니다.

그러니까 무엇인가를 잘못이라 여겨왔던

저의 왜곡된 시선을 바로잡고 용서하는 일입니다.

하여 용서란, 죄가 있는데 그 죄를 용서하는 일이 아니라

애초에 죄가 없었음을 진정 이해하고 알아내는 일입니다.

모든 죄와 잘못은 제가 지어낸 환상이기 때문입니다.

무엇인가가 잘못이라고 여길 때 우리는

끝없이 그 잘못을 곱씹으며 미워해야만 합니다.

그것을 잘못이라 여기는 내 시선과 내 마음의 미움을

정당화하고 합리화하기 위해서라도 그렇게 해야만 합니다.

그것이 우리가 누군가를 미워할 때 우리가 밟는 과정입니다.

미움이 생기고, 그 미움을 끝없이 정당화하는 생각에 빠지고,

그렇게 진실에게서, 사랑에게서 더욱 멀어지는 것 말입니다.

그 미움을 곱씹느라 하루의 행복과 평화로부터 멀어진 줄도 모르고,

그 미움과 완전히 하나 된 채 스스로 불행을 선택하는 일 말입니다.

그러니 이제는 제가 저를 위해서 용서하게 해주세요.

용서함으로써, 용서조차도 환상임을 알게 해주세요.

왜냐면 사랑과 진실의 눈에는 그 어떤 잘못도, 죄도 보이지 않기에

미움이 있을 수 없으며, 하여 용서조차도 불필요하기 때문입니다.

그래서 저는 그 진실에, 사랑에 닿기 위해 오늘 용서합니다.

상대방의 잘못을, 죄를 용서하는 것이 아니라,

그것을 잘못과 죄라 여기는 제 시선을 용서합니다.

그러니 주님, 제가 오직 진실의 빛만을 보게 해주소서.

진정한 용서란,
누군가가 제게 저지른 잘못이
사실은 잘못이 아니었음을 알아보는 일입니다.
그러니까 무엇인가를 잘못이라 여겨왔던
저의 왜곡된 시선을 바로잡고 용서하는 일입니다.

판단하지 않는 평화.

주님, 제가 이 상황을 다르게 보게 해주세요.
이 상황 안에서 제가 규정하는
저만의 옳고 그름과 이득과 손해, 좋고 나쁨, 선과 악,
그 모든 사랑이 아닌 것들을 당신께 내려놓으니,
당신께서 그것을 받으시고 저를 안내해주세요.
저는 진정 아무것도 모릅니다. 모르겠습니다.
저의 기준과 잣대로 지금을 마주하느라
어느새 제 마음은 상처투성이가 되었고,
미움과 증오로 가득 차 새까맣게 타들었습니다.
그래서 이제는 제 판단을 신뢰하지 않습니다.
저의 행복을 위해 무엇이 옳은지 저는 알 수 없습니다.
그럼에도 끝없이 곱씹으며 내려놓지 못한 채 고집합니다.
그러니 당신께 이제는 모든 것을 드리고 내맡기니,
당신께서 저를 안내하시고 저를 품어주세요.
제가 판단하지 않아도 늘 당신께서 저를 대신하여
아름다운 판단을, 지고의 높은 사랑의 판단을 하고 있음을
제가 완전히 믿고 신뢰할 수 있도록 해주세요.
그렇게 당신의 품 안에서 제가 쉬어가게 해주세요.
하여 제게 판단하지 않아도 되는 평화를 가르쳐주시고,
그 평화가 얼마나 영원한 안도의 기쁨인지를 알게 하소서.

하여 제게 판단하지 않아도 되는 평화를 가르쳐주시고,
그 평화가 얼마나 영원한 안도의 기쁨인지를 알게 하소서.

오해.

제가 누군가를 미워하는 증오의 끝에
행복이 있다고 오해하지 않게 해주세요.
제가 무엇인가를 끝없이 원하고 필요로 하는
그 욕망의 끝에 행복이 있다고 오해하지 않게 해주세요.
누군가를 변화시킴으로써
제가 행복해질 수 있다고 오해하지 않게 해주세요.
제가 원망하는 누군가의 좌절과 고통 속에서
제가 행복해질 수 있다고 오해하지 않게 해주세요.
오랜 세월 동안 그곳에서 행복을 찾았지만
저는 지금 이 순간 전혀 행복하지 않습니다.
그러니 제가 지난 시간의 경험에서 충분히 배워서
앞으로는 전과는 다른 곳에서 행복을 찾게 해주세요.
미움과 원망, 증오를 여전히 소중히 여기면서
행복할 수 있을 거라 믿는 그 환상의 오해를
이제는 말 그대로 터무니없게 여긴 채 지나가게 해주세요.
그러니 제가 오직 용서와 사랑 속에서 행복을 찾게 해주세요.
그 안에만 진정한 행복이 있음을 완전하게 깨달아
더 이상 갈등하고 헤매지 않을 수 있게 해주세요.

여전히 그곳이 아니라 다른 곳에 행복이 있을 거라 믿는

그 오해의 잔재가 용서와 사랑 앞에서 저를 망설이게 합니다.

그러니 이제는 그 오해를 완전히 벗겨낸 채 오직 진실을 향합니다.

그 어떤 상황 속에서도 그 믿음을 저버리지 않고자 합니다.

당신께서 저의 믿음을 지켜주시고, 저를 안내해주세요.

하여 오늘 제가 반드시 용서와 사랑을 선택할 수 있기를,

그 오늘을 지금부터 영원히 쌓아갈 수 있기를,

그렇게 반드시 진정한 행복과 천국에 이를 수 있기를 바랍니다.

제가 누군가를 미워하는 증오의 끝에
행복이 있다고 오해하지 않게 해주세요.
제가 무엇인가를 끝없이 원하고 필요로 하는
그 욕망의 끝에 행복이 있다고 오해하지 않게 해주세요.
누군가를 변화시킴으로써
제가 행복해질 수 있다고 오해하지 않게 해주세요.
제가 원망하는 누군가의 좌절과 고통 속에서
제가 행복해질 수 있다고 오해하지 않게 해주세요.

미움과 원망, 증오를 여전히 소중히 여기면서
행복할 수 있을 거라 믿는 그 환상의 오해를
이제는 말 그대로 터무니없게 여긴 채 지나가게 해주세요.

상처받지 않는 영혼.

제 영혼은 상처받을 수 없습니다.

그러니 제가 저를 영혼이 아닌 다른 환상으로 오해한 채

제가 만든 그 환상을 지키기 위해

상처받고, 방어하고, 공격하고, 그러지 않게 해주세요.

오직 영혼만이 실재이며,

그리고 그 실재는 무엇으로부터도 훼손될 수 없으며,

비실재는 애초에 존재한 적조차 없는 환상일 뿐입니다.

그리고 그 진실 안에 당신의 평화가 있습니다.

그러니 제가 저 자신뿐만이 아니라

타인에게서도 끝없이 약점을 찾고자 하고,

부족한 점과 잘못된 점을 찾는 환상에 사로잡히기보다

타인의 영혼이라는 실재를 바라보게 해주시고,

그 아름다운 그들의 실재를 오직 사랑하게 해주세요.

그 사랑으로 인해 혹여나 저를 공격하고,

저에게 끝없이 상처 주고자 하는 사람이 있다 하더라도

그들은 이제 환상에 사로잡힌 가엾은 사람으로 보일 뿐,

제게 있어 더 이상 미운 사람, 잘못된 사람이 되지 못합니다.

그러니 제가 저를, 그리고 타인을

그녀 그늘의 실재인 영혼 그 자체로만 보게 해주세요.

그 진실의 시선으로부터 제가 보호받을 수 있게 해주세요.

실재는 위협받지 못하며, 비실재는 존재하지 않으며,
오직 그곳에 당신의 평화가 있다는 진실을 제가 이해하게 해주세요.
그렇게, 태양의 빛이 누군가의 공격과 반응에 의해 작아지지 않듯,
구름이 꼈다고 해서 태양이 사라진 것이 결코 아니듯,
늘 그 자리에서 묵묵히 강렬하게 빛나고 있는 그 태양처럼
저 또한 그 빛의 실재로서 존재할 수 있게 해주세요.

오직 영혼만이 실재이며,

그리고 그 실재는 무엇으로부터도 훼손될 수 없으며,

비실재는 애초에 존재한 적조차 없는 환상일 뿐입니다.

그리고 그 진실 안에 당신의 평화가 있습니다.

비난 대신 연민을.

제가 타인을 비난하기보다

저는 그들과 같은 선택을 하지 않을 수 있는

타고난 양심을 가진 사람임에 오직 감사하게 해주세요.

왜냐면 누군가는 당연한 듯 그렇게 존재하지만,

저는 그렇게 존재하는 것이 당연하지 않아

그럴 수 있다고 해도, 결코 그러지 않는 사람이기 때문입니다.

그래서 사실 그건 그 자체로 제가 받은 축복입니다.

타인을 비난함으로써 제가 얻을 수 있는 것은

도덕적 우월감, 증오, 분노, 미움, 비판하는 마음과 같이

너무나도 작고도 보잘것없는 감정이지만

제가 그들을 이해하고 불쌍하게 여김으로써 얻을 수 있는 건

너무나도 큰 평화와 사랑, 감사의 마음들입니다.

그러니 제가 저를 위한다고 말하면서

저를 위하지 않는 다른 것들을 제 마음에 채우지 않게 해주세요.

비난보다는 평화를, 우월감보다는 감사를 선택하게 해주세요.

머리카락 한 올마저 세지 않고 넘어가는 법이 없는 당신이기에

그들의 무지함은 사실 안타깝기를 이루 말할 수 없는 선택입니다.

그들이 지금 하고 있는 그 모든 선택들은

영원히 당신의 마음과 이 우주에 기록된 채 세어지고 있으며,

하여 그건 반드시 책임지고 갚아야 할 영원한 빚이기 때문입니다.

그래서 제가 할 수 있는 건 그들을 비난하는 것이 아니라
그들의 평화를 소원해주고 축복해주고 빌어주는 것입니다.
결국 그들 자신의 선택을 그들은 지금이라는 그들의 시간이 아닌,
영원이라는 당신이라는 시간 앞에서 책임져야만 하기 때문입니다.
지금 아무런 일이 일어나지 않는다고 해서
그들이 그 무한한 책임을 빗겨나가는 것이 결코 아니기 때문입니다.
그래서 제가 판단하고 비난할 것은 진실로 아무것도 없습니다.
다만, 그들의 무지를 바라보고 슬퍼할 수 있을 뿐입니다.
조금이라도 그 빚의 무게로부터 그들의 빚이 탕감될 수 있길, 하고
이 자리에서 기도하고 소원해주는 것 외에는 그들을 위해
제가 할 수 있는 것이 진실로 아무것도 없기 때문입니다.

용서와 사랑의 선물.

제가 마주하는 모든 일들이

당신께서 제게 주신 선물임을 알아보게 해주세요.

때로 저는 제게 주어진 경험들을 미워합니다.

저에게 이런 일이 일어난 것에 대해 분노합니다.

하여 그 모든 일 안에 당신께서 저를 가르치기 위한

소중한 의미와 뜻이 숨겨져 있음을 전혀 알지 못합니다.

하지만 진실로 제게 일어난 모든 일은

당신께서 제게 용서와 사랑을 가르치시기 위해 제게 준 선물입니다.

용서를 배우기 위해서는 미움을 마주해야만 하며,

사랑을 배우기 위해서는 사랑하기 어려운 사람들,

사랑하기 어려운 상황과 환경을 마주해야만 하기 때문입니다.

저는 저의 사적인 이득에 갇혀, 제 이기심의 틀에 갇혀

제게 이득이 되면 좋은 일, 그렇지 않으면 미운 일,

이런 식으로 저만을 위해 상황을 해석하고 판단합니다.

그래서 미워할 일도, 밀어내고 싶은 일도 많은 것입니다.

하지만 이제는 저의 진실한 행복을 위해, 평화를 위해

제 작은 입장과 이해를 내려놓고 사랑을 향해 나아가고자 합니다.

그러기 위해 당신께 제 모든 판단을 드린 채 나아가고자 합니다.

모든 일 안에서 당신이 제게 가르쳐주시고자 하는 배움을

낮은 자세로 당신께 물으며 감사한 마음으로 나아가고자 합니다.

그래서 저는 미운 사람, 미운 환경, 미운 상황에 대해 감사합니다.
그것들 모두는 제게 용서를 가르쳐주기 위한 당신의 선물입니다.
하여 저는 오직 감사한 마음으로 그것들 모두를 받아들인 채
그 안에서 용서와 사랑을 배우며, 그렇게 사랑을 향해 나아갑니다.
다만 한 가지 제가 당신께 바라는 것이 있다면,
오늘의 이 마음을 제가 잊지 않은 채 늘 간직하게 해주세요.
하여 모든 상황에 감사하며 흔들림 없이 사랑을 배우게 해주세요.

하지만 진실로 제게 일어난 모든 일은

당신께서 제게 용서와 사랑을 가르치기 위해 제게 준 선물입니다.

용서를 배우기 위해서는 미움을 마주해야만 하며,

사랑을 배우기 위해서는 사랑하기 어려운 사람들,

사랑하기 어려운 상황과 환경을 마주해야만 하기 때문입니다.

저는 저의 사적인 이득에 갇혀, 제 이기심의 틀에 갇혀
제게 이득이 되면 좋은 일, 그렇지 않으면 미운 일,
이런 식으로 저만을 위해 상황을 해석하고 판단합니다.
그래서 미워할 일도, 밀어내고 싶은 일도 많은 것입니다.

오늘.

오늘은 어제 제 마음에 품었던 모든 미움을
용서의 시선으로 바라보고 내려놓습니다.
그렇게 저를 위한 용서를 완성하고자 합니다.
그러니 당신께서 저를 가엾게 여기시고 보살펴 주세요.
오늘은 어제 제 마음 안에 있던 모든 두려움과 불안을
받아들임과 하루의 성실함으로 대체하고자 합니다.
그렇게 지금 이 순간을 더욱 빛과 함께 보내고자 합니다.
그러니 매 순간 당신께서 함께하시고, 저의 길을 안내해주세요.
오늘은 어제 있었던 모든 사소한 예민함과 불친절을
진정한 사랑과 다정함, 완전한 친절로 대체하고자 합니다.
그러니 당신께서 제 모든 사소한 불완전까지도 제물로 받아주세요.
제게 주어진 매 순간이
당신께서 제게 주신 용서와 사랑의 수업입니다.
그러니 제가 오늘, 그것을 잊지 않을 수 있게 해주시고,
하여 이 모든 예쁜 성숙의 순간을
기도하는 마음으로, 예배하는 마음으로 보내게 해주세요.
감사합니다. 사랑합니다. 받아들입니다. 용서합니다. 축복합니다.
제게 주어진 모든 순간이 당신의 은혜이니
저는 제가 그저 받은 이 생명이라는 은혜를
사랑으로 갚아나가며, 오직 사랑으로 되돌려줍니다.

그저 살아 숨 쉬는 이 모든 순간마저 제가 그저 받은 기적이니,
저는 그 기적을 바라보지 못한 채 불평하고 미워하기보다
오직 감사와 사랑의 마음으로 제 마음을 가득 빛나게 합니다.
그래서 저는 제 모든 호흡마저도 당신께 그 사랑으로 바칩니다.
그러니 저의 그 숨결까지도 당신께서 받아주시고,
다만 당신께서는 오늘 매 순간 저와 함께하기만 해주세요.

단점과 연약함.

제가 타인들로부터 바라보게 되는 그들의 단점과 연약함을
그들을 미워하고 깎아내릴 계기로 삼기보다
오직 용서하며 저의 사랑을 확장시킬 계기로 삼게 해주세요.
아주 작게라도 제 마음 안에도 그러한 부분이 있기에
저 또한 세상에서 그러한 부분을 바라볼 수 있는 것입니다.
하여 그들을 용서함으로써 제가 용서받게 해주시고,
그들을 용서함으로써 저 자신의 그러한 점을 초월하게 해주세요.
타인의 어떤 점에 대해 용서할 때,
저의 그런 점 또한 용서받으며 동시에 해소되기 때문입니다.
미워하고 분노한다고 해서 세상과 사람들은 변하지 않습니다.
하여 그건 저 자신의 마음을 아프게만 할 뿐입니다.
그래서 우리는 세상을 변화시키고자 끝없이 노력하기보다
세상을 바라보는 우리 자신의 관점을 바꿔나가야 합니다.
하여 비로소 우리의 마음이 변할 때, 전과 다름없는 세상이
이제는 전과 확연히 다르게 보이고 느껴지기 시작할 것이며,
그러니까 그 아름다운 내면의 변화가 바로 성숙이기 때문입니다.
그러니 제가 여전히 미성숙에 머무른 채 세상을 탓하기보다
그 세상을 통해 저 자신의 성숙을 추구할 수 있게 해주세요
그 하루의 성숙을 통해 비로소 제 마음 안에 사랑이 가득 찰 때,
그때의 저는 진실로 사랑 이외에 어떤 것도 바라보지 못할 것이며,
그러니까 모든 것이 결국 제 내면의 투영이기 때문입니다.

그래서 이 세상에 죄가 있다면 오직 하나, 바로 무지입니다.

그들은 그들의 잘못이 무엇인지 진정 모릅니다.

그들 자신의 삶을 통해 스스로 깨닫기 전까지 모를 것입니다.

그래서 저의 역할은 그들이 스스로 준비가 되지 않은 지금,

그들에게 이래라 저래라 하는 것이 아니라

그들이 준비가 되었을 때 예쁜 변화를 향해 나아갈 수 있도록

선하고 아름다운 모범의 삶을 살아가는 것, 그것일 따름입니다.

그러니 제가 타인을 바라보기보다 저 자신을 바라보게 해주시고,

그들의 삶을 변화시키기보다 저 자신의 삶을 변화시키게 해주시고,

그렇게 오직 저 자신의 행복과 사랑만을 위해 살아가게 해주세요.

미워하고 분노한다고 해서 세상과 사람들은 변하지 않습니다.

하여 그건 저 자신의 마음을 아프게만 할 뿐입니다.

그래서 우리는 세상을 변화시키고자 끝없이 노력하기보다

세상을 바라보는 우리 자신의 관점을 바꿔나가야 합니다.

하여 비로소 우리의 마음이 변할 때, 전과 다름없는 세상이 이제는 전과 확연히 다르게 보이고 느껴지기 시작할 것이며, 그러니까 그 아름다운 내면의 변화가 바로 성숙이기 때문입니다.

순진하지 않은 사랑.

제가 저 자신을 지키지 못할 만큼 순진해서
함부로 저를 훼손할 사람 곁에 저 자신을 두지 않게 해주세요.
때로 세상에는 저를 끝없이 공격하고자 하고,
자신의 그 공격을 위해 저를 마음껏 왜곡하고 오해하고,
그런 삐딱하고도 악의에 가득 찬 사람들이 있습니다.
그리고 제가 순진해서 그들을 그럼에도 사랑하고자 할 때,
저는 저 자신의 평화와 저 자신을 향한 사랑까지도 잃은 채
그들로 인해 마음에 없던 원망이 생기고, 하여 피폐해질 것입니다.
그러니 사랑하는 것과 함께하는 것을 구분할 줄 아는 지혜가
매 순간 저와 함께하며 저를 지켜줄 수 있게 해주세요.
자신을 진정 사랑할 줄 아는 사람만이 타인을 사랑할 수 있습니다.
그리고 나를 진정 사랑한다는 건,
내 마음의 평화와 행복을 스스로 지켜주고 고취시켜주는 일입니다.
그래서 제가 그들과 함께하고자 마음먹는 건
저 자신을 스스로 지키지 않는 일이기에 저를 향한 사랑이 아니며,
하여 그때의 저는 타인을 또한 진실하게 사랑하지도 못할 것입니다.
그저 여전히 순진함과 우유부단함을 가진 채
그 연약함을 사랑이라 스스로 믿는 오해를 반복하고 있을 뿐입니다.
사랑은 단호할 줄 알며, 진실을 위해 거절할 줄 알기 때문입니다.

그러니 제가 순진함을 사랑이라 믿고 오해하지 않게 해주세요.

오직 저를 사랑하고, 타인을 또한 그 마음으로 사랑하게 해주세요.

그래서 저는 저 자신을 악에서부터 지켜낼 것입니다.

그러니 제가 저 자신을 스스로 시험에 빠지게 하지 마옵시고,

다만 악에서부터 구하옵소서. 저를 안내하고 지켜주옵소서.

자신을 진정 사랑할 줄 아는 사람만이 타인을 사랑할 수 있습니다.
그리고 나를 진정 사랑한다는 건,
내 마음의 평화와 행복을 스스로 지켜주고 고취시켜주는 일입니다.
그래서 제가 그들과 함께하고자 마음먹는 건
저 자신을 스스로 지키지 않는 일이기에 저를 향한 사랑이 아니며,
하여 그때의 저는 타인을 또한 진실하게 사랑하지도 못할 것입니다.

대가 없는 사랑.

제가 누군가를 사랑함에 있어

대가를 바라지 않고 사랑하게 해주세요.

모든 관계 안에서 상처와 갈등, 서운함을 만들어내는 것이

대가를 바라는 그 마음의 기대에서부터 생기기 때문입니다.

그러니 저의 사랑이 그 한계를 넘어서게 해주세요.

우리는 사랑한다면서 여전히 이기적입니다.

어떤 모습은 사랑했다가, 어떤 모습은 사랑하지 않았다가,

그런 식으로 사랑의 양을 조절하며

내가 원하는 모습으로 상대방이 바뀌길 기대합니다.

하지만 진실한 사랑은 변덕 없는 꾸준한 사랑입니다.

상대방의 모습 그대로를 사랑하는 있는 그대로의 사랑입니다.

식물을 키우며 식물을 가득 사랑하지만,

식물에게 감사와 보답을 바라지 않는 것처럼,

그저 식물이 잘 자라주는 것에 행복할 줄 아는 것처럼,

그저 나의 사랑으로 상대방이 기뻤다면 그걸로 만족할 줄 아는

타인의 기쁨에 기반을 둔 것이 바로 진실한 사랑이기 때문입니다.

그리고 그때 제가 하는 사랑은,

타인의 돌아오는 반응과 보답, 그런 것에 대한 욕구가 없기에

모든 의존과 기대를 넘어선 사랑일 것이며,

하여 그 사랑은 그 자체로 저의 만족이자 기쁨이 될 것입니다.

그러니 제가, 타인으로부터 행복을 구하기 위해서가 아니라,

타인으로부터 인정과 감사를 받기 위해서가 아니라,

저 자신의 내면에서부터의 행복을 완성하기 위해

저 자신의 기쁨으로써, 만족으로써, 그저 사랑하게 해주세요.

그렇게 타인의 반응에 실망하고 서운해하기보다,

타인이 제게 이렇게 해줘야만 한다는 자격을 주장하기보다,

그저 타인을 타인 그 자체로 사랑하게 해주세요.

이 관계의 행복을 위해서, 무엇보다 저 자신의 행복을 위해서,

타인으로 인해 평화를 잃지 않을 수 있는 그 자존감을 위해서,

제가 사랑할 때, 그러한 마음으로 사랑하게 해주세요.

우리는 사랑한다면서 여전히 이기적입니다.

어떤 모습은 사랑했다가, 어떤 모습은 사랑하지 않았다가,

그런 식으로 사랑의 양을 조절하며

내가 원하는 모습으로 상대방이 바뀌길 기대합니다.

하지만 진실한 사랑은 변덕 없는 꾸준한 사랑입니다.
상대방의 모습 그대로를 사랑하는 있는 그대로의 사랑입니다.
식물을 키우며 식물을 가득 사랑하지만,
식물에게 감사와 보답을 바라지 않는 것처럼,
그저 식물이 잘 자라주는 것에 행복할 줄 아는 것처럼,
그저 나의 사랑으로 상대방이 기뻤다면 그걸로 만족할 줄 아는
타인의 기쁨에 기반을 둔 것이 바로 진실한 사랑이기 때문입니다.

평화.

오늘 저의 모든 호흡과 숨결에 평화가 살아 숨 쉬게 해주세요.

평화가 저의 심장을 가득 채우게 해주시고,

제 온몸과 마음에 용서와 사랑이 넘쳐나게 해주세요.

제가 온전히 평화로울 때라야 저는 타인에게 또한

그 평화와 행복을 전해주는 사람이 될 수 있기 때문입니다.

제가 평화롭지 않을 때 저는 기필코 타인에게 예민할 것이며,

짜증스럽게 대할 것이며, 때로 진심이 아닌 말을 내뱉을 것이며,

하여 타인의 마음에 상처를 남기기 마련일 것이기 때문입니다.

그러니 제가 평화 속에서 오늘 숨 쉬게 해주세요.

제가 호흡할 때마다 당신의 사랑으로 저를 안으시고,

제가 그 사랑의 포옹을 하루 내내 온전히 느끼게 해주세요.

그 사랑을 느끼기 위해서,

그 무엇도 미워하지 않을 수 있는 용서를 제게 주시고,

그 사랑을 느끼기 위해서,

모든 생명 안에 깃든 사랑을 바라볼 빛을 제게 주세요.

용서의 마음이 없을 때, 사랑의 마음이 없을 때,

그때의 저는 결코 당신의 음성을 듣지 못할 것이기 때문입니다.

그러니 용서와 사랑으로부터 제가 저의 평화를 지키게 해주시고,

그 평화를 지키고 느끼기 위해 당신께 귀를 기울이게 해주세요.

저의 답이 오직 아닌 당신의 답만을 구하게 해주세요.

그러기 위해 용서와 사랑을 제외한 모든 음성이 멎게 해주세요.

그렇게 제가 평화와 함께 호흡하게 해주시고,

그 모든 호흡을 온전히 느끼며 그 평화를 지켜내게 해주세요.

모든 세상의 소리를 뒤로한 채,

오직 제 가슴에서 뛰는 그 평화와 함께 쉬어가게 해주세요.

그렇게 제가 그 평화가 바로 당신의 따듯한 포옹이라는 것을,

저를 향한 당신의 음성이자 사랑이라는 것을 꼭 알아가게 해주세요.

제가 온전히 평화로울 때라야 저는 타인에게 또한
그 평화와 행복을 전해주는 사람이 될 수 있기 때문입니다.
제가 평화롭지 않을 때 저는 기필코 타인에게 예민할 것이며,
짜증스럽게 대할 것이며, 때로 진심이 아닌 말을 내뱉을 것이며,
하여 타인의 마음에 상처를 남기기 마련일 것이기 때문입니다.

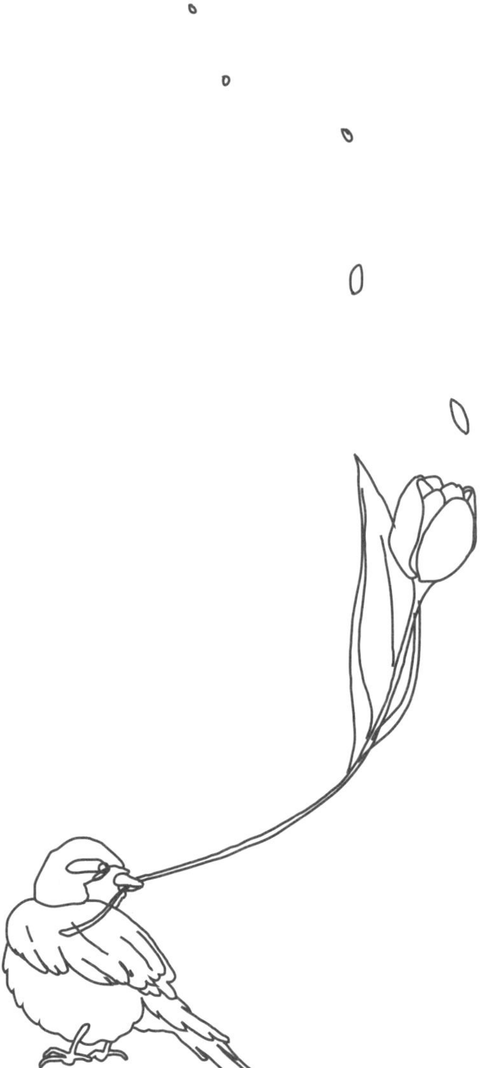

나다움.

제가 나다움을 회복하게 해주세요.

나다움이란, 예쁜 미소를 잔뜩 지으며 해맑게 웃던 나,

사랑을 아까워하지 않고 줄줄 알던 나,

그럼에도 불구하고 기꺼이 이해하고 용서할 줄 알던 나,

삶의 고단함 앞에서 무너지기보다 굳건히 받아들인 채

마음의 용기를 지켜내고, 하여 아름답게 나아갈 줄 알던 나,

바로 그 예쁘고 사랑스러운 모습의 나입니다.

저는 이 세상을 살아가며 어느새 그 나다움을 잃은 채

인상을 찌푸리고, 원망하고, 이기적으로 계산하고,

용서하기보다 끝없이 미움을 곱씹으며 제 마음을 아프게 하고,

사랑 앞에서 인색해진 채 사랑을 아끼고 절약하고,

삶의 많은 일 앞에서 불평한 채 깊은 한숨을 쉬며 무너지고,

그렇게 갈등하고 아파하는 제가 되었습니다.

그리고 그 진짜 제가 아닌 모습들이 가장 나다운 저라고 오해한 채

끝없이 스스로 그 환상을 부풀린 채 그 모습들과 하나 되었습니다.

하지만 모든 생명이 가장 나다울 때 편안함을 느끼는 것처럼,

그 가짜 모습으로 존재할 때 제가 전혀 편안함을 느끼지 못해

슬퍼하고, 불안해하고, 분노하고, 갈등하고 있다는 것이

그 모습이 전혀 나다운 모습이 아니라는 그 자체의 증거입니다.

제가 누군가를 비판할 때 저는 결코 웃고 있지 않습니다.

인상을 찌푸린 채 아픔을 느끼고, 불안함을 느끼고 있습니다.

그래서 비판하는 저는 나다운 제가 아닌 것입니다.

이렇듯, 제가 모든 순간 안에서 가장 편안하게 존재한 채

웃고, 즐기고, 내면에서부터 평화를 느끼고, 가득 사랑스러운

그 진짜 나로서, 나답게 존재하게 해주세요.

나답게 존재하지 않아 전혀 행복을 느끼지 못하는 그 순간,

제가 그 모습들을 스스로 자각한 채 내려놓을 수 있게 해주세요.

그렇게 나다움을 회복하고, 나라는 사랑으로 되돌아가게 해주세요.

저는 행복하고, 사랑스럽고, 매사에 감사한 채 기뻐할 줄 아는

그런 순수하고 해맑은 미소를 가진 참 예쁜 사람입니다.

그러니 제가 그 예쁜 웃음을 다시 되찾은 채 진짜 저로서,

가장 나답게 존재함으로써 지금을 행복하게 살아가게 해주세요.

가장 나다운 나는 바로 용서하고 사랑하는 저라는 것을,

하여 제가 반드시 알아갈 수 있게 당신께서 저를 이끌어주세요.

나다움이란, 예쁜 미소를 잔뜩 지으며 해맑게 웃던 나,
사랑을 아까워하지 않고 줄줄 알던 나,
그럼에도 불구하고 기꺼이 이해하고 용서할 줄 알던 나,
삶의 고단함 앞에서 무너지기보다 굳건히 받아들인 채
마음의 용기를 지켜내고, 하여 아름답게 나아갈 줄 알던 나,
바로 그 예쁘고 사랑스러운 모습의 나입니다.

제가 누군가를 비판할 때 저는 결코 웃고 있지 않습니다.
인상을 찌푸린 채 아픔을 느끼고, 불안함을 느끼고 있습니다.
그래서 비판하는 저는 나다운 제가 아닌 것입니다.
이렇듯, 제가 모든 순간 안에서 가장 편안하게 존재한 채
웃고, 즐기고, 내면에서부터 평화를 느끼고, 가득 사랑스러운
그 진짜 나로서, 나답게 존재하게 해주세요.

간절한 사랑.

이 세상의 모든 이들이 사랑에 굶주리고 있습니다.

그러니 제가 그들에게 사랑을 채워줄 수 있게 해주세요.

그들의 있는 그대로를 판단하지 않고 존중해주는,

그들의 언어와 몸짓, 생각과 행동 뒤에 있는

그들의 진짜 모습인 그들의 내면을 사랑의 눈빛으로 바라봐주는,

그럼에도 불구하고 당신은 사랑받아 마땅한 있는 그대로가

참 소중한 사람이라는 것을 가득 전해주는 마음으로 마주하는,

다름 아닌 그 사랑에 굶주려 모든 이들의 마음이 텅 비었고,

그러니까 사람들은 그 공허를 주체하지 못해 슬퍼하고 있으며,

이토록이나 아파하고 있으며, 불안함에 잔뜩 화내고 있는 것입니다.

이 세상에는 사랑을 주거나, 사랑을 구하는 표현만이 존재하며,

그래서 아픈 표정을 짓고 있는 이들은 모두 말 그대로 아파서

부디 자신을 좀 도와달라는 사랑을 구하고 있는 것이기 때문입니다.

그러니까 저에게 짜증을 내거나 저의 약점을 공격하는 사람도,

사실은 저에게 화를 내는 것이 아니라 사랑을 구하고 있는 것이며,

부디 자신을 사랑으로 구원해달라고 요청하고 있는 것입니다.

하지만 자신이 아픈 이유를 스스로도 잘 몰라 사랑을 채우는 대신에

외부의 상징에 기대에 자신의 마음을 채우고자 헛되이 시도하고,

사랑을 구하고자 하는 표현을 미움과 증오로 대신하고,

그러고 있을 뿐인 참 가엾은 사람들이 바로 그들인 것입니다.

그러니 제가 그들의, 제게 사랑을 구하는 그 외침을

다른 표현으로 받아들이기보다 그 표현 그대로 바라보게 해주세요.

하여 그들의 그 외침을 연민 어린 눈빛과 따듯한 가슴으로,

그 모든 외적인 표현에 속아 넘어가지 않는 굳건한 사랑으로

바라보고 마주한 채 제가 오직 사랑의 표현만을 하게 해주세요.

그들의 미움에 제가 같은 미움으로 반응할 때,

저는 저 자신의 마음까지 스스로 아프게 하는 것이지만,

제가 오직 사랑으로 반응할 때,

그때의 저는 저 자신의 마음까지도 스스로 지켜내는 것입니다.

그래서 사실 제가 오직 사랑하고자 마음먹을 때,

그건 그들뿐만이 아니라 저 자신을 가장 위하는 결정이며,

하여 그건 무엇보다 저 자신을 스스로 사랑하는 결정이기도 합니다.

그러니 제가 그 모든 순간을 불평한 채 사랑을 아끼기보다

제 사랑을 실현하고 저 자신을 또한 사랑하는 계기로 여긴 채

저를 위해서라도 아낌없이 사랑을 주고자 마음먹게 해주세요.

사랑을 준다는 건, 그들에게 아첨하는 것도 아니며,

그들에게 물질적으로 무엇인가를 베푸는 것도 아닙니다.

그러니까 사랑을 주는 일은 고요한 마음으로 그 어떤 편견도 없이

그들의 외적인 모습이 아니라 그들의 내면을 그저 응시하는 일이며,

그러니까 그 바라봄 자체가 이 세상에서 사랑이라 불릴 수 있는

가장 사랑다운 사랑이며, 진실한 사랑입니다.

그러니 제가 그것을 이해한 채 오직 진실하게 사랑하게 해주세요.

그리하여 제가 비로소 그 진실한 사랑을 전하고자 마음먹을 때,
저는 그 사랑으로 인해 사랑하지 않을 때는 결코 알 수 없는
귀하고 아름다운 지혜들을 또한 배우며 나아가게 될 것입니다.
그러니 제가 그들이 아닌 저 자신을 위해서라도 사랑하게 해주세요.
그러니까 제 마음에 사랑이 없을 때, 그때의 저는
자신의 잘못 앞에서 인정하지 않은 채 변명하는 사람을
비겁하고 뻔뻔한 사람이라 여긴 채 미운 감정을 느껴야 했지만,
사랑을 각오함으로써 사랑을 배워갈 때는
그 모습을 자신의 실수를 변명한 채 정당화하는 모습이 아니라,
자신이 실수했음에도 그런 자신조차 사랑해달라고
제게 간절히 울부짖는 사랑의 외침으로 바라보게 되기 시작합니다.
그렇다면 그 아름다운 배움과 성숙을 위해 사랑하는 것이라면,
제가 저를 위해 사랑하길 마다할 이유가 어디에 있을까요.
그러니 저 자신의 아름다운 성숙과 그 예쁜 배움을 위해서라도
제가 매 하루를 사랑의 선물로 여긴 채 나아가게 해주세요.
그렇게, 더 이상 제가 이곳에 태어나 존재하는 유일한 이유인
그 사랑의 일 앞에서 망설이지 않을 수 있게 제 마음을 붙들어주세요.
그래서 저는 오늘 사랑이 필요한 모든 곳에
제 마음에 있는 사랑을 전해주는 사랑의 구원자가 되고자 합니다.
그러기 위해 먼저 제 마음 안에 사랑을 가득 채우고자 합니다.

제가 사랑이 되고 나면, 제 마음 안의 사랑을 회복하고 나면,

그 사랑이 알아서 모든 곳에 사랑을 나눠주고,

모든 곳에 용서와 이해를 전해주고, 그러니까 제가 애쓰지 않아도

제가 그러고 있도록 이제는 사랑이 저를 이끌 것이기 때문입니다.

그러니 제 마음 안에 그 사랑을 가득 채워주세요.

제가 제 마음에 더 이상 판단과 미움, 증오를 담지 않게 해주세요.

하여 이 세상엔 사랑을 주거나, 사랑을 구하는 표현밖에 없다는

그 말의 의미를 제가 이제는 진정 이해한 채 나아가게 해주세요.

하여 저는 모든 이들의 있는 그대로를 바라보고자 합니다.

있는 그대로를 바라보는 시선, 그것이 바로 사랑이기 때문입니다.

왜냐면 모든 사람의 있는 그대로가 바로 사랑 그 자체이기 때문입니다.

그 있는 그대로를 사랑이 아닌 것으로 제가 오해했을 뿐,

진실로 사랑이 아닌 채 존재했던 적이 단 한 번도 없었던

그들과 저 자신이며, 그들과 저 자신의 영혼이기 때문입니다.

그러니 제가 모든 이들의 외적인 모습과 표현들이 아닌

그들의 진짜 모습인 그 영원한 영혼을 사랑으로 바라보게 해주시고,

하여 사랑으로 그들의 울부짖음을 가라앉힐 수 있게 해주세요.

그 사랑이, 제가 이곳에서 태어나 존재하는 유일한 이유임을

반드시 알게 해주시고, 하여 반드시 사랑을 이행하게 해주세요.

그러기 위해 지금 이 순간 제 앞에 있는 이를 사랑하게 해주세요.

이 세상에는 사랑을 주거나, 사랑을 구하는 표현만이 존재하며,
그래서 아픈 표정을 짓고 있는 이들은 모두 말 그대로 아파서
부디 자신을 좀 도와달라는 사랑을 구하고 있는 것이기 때문입니다.
그러니까 저에게 짜증을 내거나 저의 약점을 공격하는 사람도,
사실은 저에게 화를 내는 것이 아니라 사랑을 구하고 있는 것이며,
부디 자신을 사랑으로 구원해달라고 요청하고 있는 것입니다.

사랑을 준다는 건, 그들에게 아첨하는 것도 아니며,
그들에게 물질적으로 무엇인가를 베푸는 것도 아닙니다.
그러니까 사랑을 주는 일은 고요한 마음으로 그 어떤 편견도 없이
그들의 외적인 모습이 아니라 그들의 내면을 그저 응시하는 일이며,
그러니까 그 바라봄 자체가 이 세상에서 사랑이라 불릴 수 있는
가장 사랑다운 사랑이며, 진실한 사랑입니다.

당신의 대답.

저는 이 세상의 수많은 이기적인 사람들을 보며 환멸감을 느낍니다.
그들은 자기 자신의 이득을 위해서 타인을 이용하기에 급급하고,
그것을 위해서라면 거짓을 선택하는 것에도 서슴지 않습니다.
자신은 한 번이라도 타인에게 따뜻해 본 적조차 없으면서,
타인의 차가움에 대해서는 참 쉽게도 분노하고 판단하며,
또 타인의 따뜻함에 대해서는 참 쉽게도 가벼이 여깁니다.
그래서 제가 이런 세상에 살면서 과연 사랑을 잃지 않을 수 있을지,
그들을 미워하지 않고 용서할 수 있을지, 저는 그게 두렵습니다.
그러니 제가 어떤 마음으로 하루를 살아야 할지 당신께 묻습니다.
그런 사람들이 절대적으로 많은 이 세상을 살아가며
어떻게 해야 제가 사랑을 잃지 않을 수 있으며,
또 세상을 등지고자 마음먹지 않을 수 있겠습니까.
어떻게 해야 외로움과 슬픔을 느끼지 않을 수 있겠습니까.
그리고 당신께서 제게 대답하십니다.
당신은 그들을 미워하지 않지만, 그저 지켜보고 기다리고 있지만,
머리카락 한 올마저 세지 않고 넘어가는 생각과 행위는 없으니
진실로 그들은 그들의 책임을 하나도 빠짐없이 갚게 될 것이라고.
그러니 너는 그들을 미워하며 너 자신의 책임을 또한 더하기보다,
그저 연민 어린 눈으로 바라보며 그들을 불쌍히 여기라고.
또한 그들이 '그럴 수 있는' 것을 너는 결코 허용하지 못하는
그 타고난 양심과 아름다운 마음을 네가 지니고 있음에 감사하라고.

너는 그들과 똑같은 조건과 환경 속에서도 그러지 못할 것이고,

아무리 억울한 일을 당해도 똑같은 행동으로 되갚지 못할 것이고,

그래서 사실 그건 이미 감사해야 할 축복이자 은혜라고.

왜냐면 그들은 그들의 그런 본성으로 인해 스스로 불행할 테지만,

너는 너의 그런 본성으로 인해 행복한 날이 더 많을 테니,

그것 앞에서 네가 불평할 것은 진실로 티끌만큼도 없는 거라고.

그들이 받은 가장 최고의 벌은,

그들이 스스로 선택한 그 모든 선하지 않음으로 인해

그들 자신의 오늘 안에 아름다움이 없고, 하여 행복이 없고,

하지만 그럼에도 그 불행이, 그 지옥과도 같은 하루가

자신이 추구할 수 있는 행복의 전부라 믿는 그 무지함이라고.

그렇다면 그들을 보며 네가 미워할 것이 무엇이겠냐고.

그러니 너는 오직 너의 아름다운 길을 계속 걸으며,

더욱 내게 가까이 와 내 사랑스러운 자녀가 되라고.

그들을 위해 이해하고 용서하지 말고,

나에게 너의 예쁜 마음을 바치기 위해 이해하고 용서하라고.

그러니 너의 눈을 그들의 선하지 않음을 바라보는 데 쓰지 말고,

오직 사랑과 아름다움을 바라보는 것에 바칠 것이며,

하여 오늘을 네가 존재할 수 있는 가장 큰 행복으로 존재함으로써

그 행복을 내게 선물로 바친다면, 내가 너에게 반드시 더 큰 행복과

사랑과 이해와 용서를 채워주리니, 너는 다만 믿음으로 그렇게 하라고.

너는 그들과 똑같은 조건과 환경 속에서도 그러지 못할 것이고,
아무리 억울한 일을 당해도 똑같은 행동으로 되갚지 못할 것이고,
그래서 사실 그건 이미 감사해야 할 축복이자 은혜라고.
왜냐면 그들은 그들의 그런 본성으로 인해 스스로 불행할 테지만,
너는 너의 그런 본성으로 인해 행복한 날이 더 많을 테니,
그것 앞에서 네가 불평할 것은 진실로 티끌만큼도 없는 거라고.

그들이 받은 가장 최고의 벌은,
그들이 스스로 선택한 그 모든 선하지 않음으로 인해
그들 자신의 오늘 안에 아름다움이 없고, 하여 행복이 없고,
하지만 그럼에도 그 불행이, 그 지옥과도 같은 하루가
자신이 추구할 수 있는 행복의 전부라 믿는 그 무지함이라고.

가장 높은 힘.

제가 가장 높은 힘인 사랑에 기대어 나아가게 해주세요.

저는 제가 원하는 것을 얻기 위해

늘 욕망하고, 화내고, 통제하고, 탓하고, 집착하고,

그런 식의 낮은 힘에만 기대어왔습니다.

그래서 늘 아무것도 성취할 수 없었고, 제 마음만 아파왔습니다.

그러니 제가 이제는 아무런 힘없는 낮은 감정들이 아니라

진정한 힘과 함께하는 사랑에 기대어 나아가게 해주세요.

제가 사랑할 때, 모든 일이 알아서 잘 굴러가기 시작합니다.

제 마음 안에는 감사의 빛이 반짝이기 시작하며

하루하루가 무한한 행복과 함께하게 되며, 또한 순조로워집니다.

사람들이 말하는 기적적인 일들이

살아가는 매 순간 저에게 다가와 그저 펼쳐지기 시작합니다.

쉽게 소진되고 고갈되던 이전과는 달리

기쁨과 감사함의 무한한 에너지가 저를 매사에 채워주고,

하여 이제 저는 축 저진 어깨와 슬픈 표정을 지을 겨를이 없습니다.

사람과의 관계도 알아서 회복되고 치유됩니다.

제가 낮은 힘에 기댈 때는 아무리 원해도 제 곁을 떠나던

모든 물질과 관계들이 이제는 알아서 제게 끌려옵니다.

왜냐면 모든 생명과 사랑은, 우주는 불행하고 인상을 찌푸린 사람보다

사랑스럽고 기쁨과 감사로 가득 찬 사람에게 끌리기 마련이기 때문입니다.

그래서 세상에서 원하는 것을 제게 일어나지 않게 하기 위한
가장 빠른 길이 욕망하고 집착하고 화내고 통제하는 길이고,
그 반대의 길이 오직 감사하고 내려놓고 사랑하는 길입니다.
그러니 제가 이제는 저의 성취를 위해서,
무엇보다 저 자신의 행복과 기쁨을 위해 사랑으로 나아가게 해주세요.
제가 마음 안에 사랑을 가득 품을 때
그 사랑으로 저의 행복한 미래를 꿈꾸며 나아갈 때,
저는 지치고 한숨 쉬지 않아도 모든 것을 쉽게 이룰 것이며,
또한 그 안에서 세상과 사람들 또한 행복하게 해줄 것입니다.
왜냐면 그것은 저의 힘이 아니라 당신의 힘이며,
당신께서 제게 사용하라고 주신 유일한 생명의 힘이기 때문입니다.
그러니 오늘을 제가 그 사랑에 기대어 나아가게 해주시고,
그 사랑으로 인한 모든 기쁨과 영광을 당신께 또한 바치게 해주세요.
그 사랑에, 제 모든 낮은 힘을 내려놓고 맡기니,
당신께서 받아주시고 당신의 힘으로 저를 가득 채워주소서.

제가 사랑할 때, 모든 일이 알아서 잘 굴러가기 시작합니다.

제 마음 안에는 감사의 빛이 반짝이기 시작하며

하루하루가 무한한 행복과 함께하게 되며, 또한 순조로워집니다.

사람들이 말하는 기적적인 일들이

살아가는 매 순간 저에게 다가와 그저 펼쳐지기 시작합니다.

쉽게 소진되고 고갈되던 이전과는 달리

기쁨과 감사함의 무한한 에너지가 저를 매사에 채워주고,

하여 이제 저는 축 저진 어깨와 슬픈 표정을 지을 겨를이 없습니다.

사람과의 관계도 알아서 회복되고 치유됩니다.

제가 낮은 힘에 기댈 때는 아무리 원해도 제 곁을 떠나던

모든 물질과 관계들이 이제는 알아서 제게 끌려옵니다.

왜냐면 모든 생명과 사랑은, 우주는 불행하고 인상을 찌푸린 사람보다

사랑스럽고 기쁨과 감사로 가득 찬 사람에게 끌리기 마련이기 때문입니다.

완전한 존재.

저는 언제나 있는 그대로 완전합니다.

당신께서 저를 사랑으로 창조하셨고, 하여 사랑인 저는

제가 저 자신이 사랑임을 잊는 순간에도 여전히 사랑이기 때문입니다.

그래서 저를 상처 입힐 수 있는 것은 저 자신밖에 없습니다.

저 자신의 생각과, 제 존재의 목적을 달리 생각하는 오해와,

제가 사랑임을 잊은 까마득히 오래된 망각과,

당신으로부터 스스로 멀리 떨어진 제 마음.

오직 그것만이 저를 상처 입힐 수 있는 유일한 것이기 때문입니다.

그러니 제가 이제는 사랑인 저 자신으로서 완전하게 존재하게 해주세요.

태어나 지금까지 단 한 번도 사랑이 아니었던 적이 없었던 저는

저 스스로 저의 사랑스러움을 잊은 채 마음 안에 미움을 품었고,

불안함과 두려움을 품었고, 욕망과 이기심을 품었고,

하여 저를 사랑 아닌 것으로 생각할 수밖에 없도록 만들었습니다.

그래서 저는 저 자신이 상처받을 수 있다고 생각하게 됐고,

우울할 수 있다고, 두려울 수 있다고 생각하게 되었습니다.

분노할 수 있다고, 미워할 수 있다고 생각하게 되었습니다.

그러니 이제는 제가 그 모든 저 아닌 것들의 오해를 벗어내고

오직 사랑의 빛으로 저를 완전히 되찾을 수 있게 해주세요.

저 자신을 사랑 아닌 생각들로 스스로 공격하지 않게 해주시고,

제가 사랑 아닌 것들로부터 훼손될 수 있다고 여기지 않게 해주세요.

저는 저 자신의 그런 오해에도 불구하고

언제나, 영원히, 여전히 당신께서 창조하신 그대로입니다.

저 자신의 생각이 아무리 저라는 본질의 빛을 가리고 덮어도,

그 빛은 여전히 제 마음속에 고스란히 남아

찬연하고 아름다운 사랑으로 빛나고 있기 때문입니다.

하여 저만이 저를 사랑이 아닌 것으로 여길 수 있을 뿐입니다.

저만이 제가 상처받을 수 있고 공격받을 수 있고,

미워할 수 있고, 분노할 수 있고, 우울할 수 있고,

공허할 수 있고, 무기력할 수 있다고, 그렇게 믿을 수 있을 뿐입니다.

그래서 저는 이제 진실을 마주하기로 결심합니다.

사랑이 아닌 저 자신의 모든 오해를 그 진실의 빛으로 바라보고,

하여 바라봄으로써 녹여내 저에게서 완전히 벗겨낼 것입니다.

그렇게 이제는 저 자신의 사랑을 회복할 것이며,

당신의 다정한 품이라는 천국으로 돌아갈 것이며,

하여 오직 영원히 평화롭고 행복하게 존재할 것입니다.

그러니 저의 그 모든 결심과 사랑의 회복을

당신께서 함께해주시고 안내해주세요. 바라봐주세요.

당신의 날개로 저를 보호해주시고 저를 지켜주세요.

그렇게 저는 오늘 제게 찾아오는 모든 사랑 아닌 생각들의 유혹을

당신과 함께 이겨내고 오직 진실만을 바라볼 것입니다.

그래서 저를 상처 입힐 수 있는 것은 저 자신밖에 없습니다.
저 자신의 생각과, 제 존재의 목적을 달리 생각하는 오해와,
제가 사랑임을 잊은 까마득히 오래된 망각과,
당신으로부터 스스로 멀리 떨어진 제 마음.
오직 그것만이 저를 상처 입힐 수 있는 유일한 것이기 때문입니다.

하여 저만이 저를 사랑이 아닌 것으로 여길 수 있을 뿐입니다.

저만이 제가 상처받을 수 있고 공격받을 수 있고,

미워할 수 있고, 분노할 수 있고, 우울할 수 있고,

공허할 수 있고, 무기력할 수 있다고, 그렇게 믿을 수 있을 뿐입니다.

사랑의 부재.

제 모든 마음의 불편함은 제게 사랑을 요청하는 마음의 외침입니다.

그러니까 존재하는 순간에 저를 찾아오는 모든 불안함, 두려움,

예민함, 짜증, 분노, 원망, 무기력함, 우울, 좌절, 공허,

그것이 무엇이든 제가 지금 완전히 평화롭지 않다면

그건 제게 사랑이 필요함을 말해주는 마음의 울림인 것입니다.

그러니 제가 이제는 제 마음의 간절한 외침을 외면하지 않게 해주세요.

이 세상에는 오직 두 가지 표현만이 있을 뿐입니다.

그리고 그건 바로 사랑을 구하거나, 사랑을 주는 표현입니다.

그래서 제가 아플 때, 그건 저 자신에게 저의 마음이

이제는 사랑을 채워달라고 하는 사랑을 구하는 표현인 것이고,

마찬가지로 타인들 또한 제게 저를 사랑하거나,

혹은 저에게 사랑을 구하거나, 하는 표현만을 하고 있을 뿐입니다.

그래서 이제 모든 사랑 아닌 표현에 대한 저 자신의 반응은

그들이 제게 구하는 사랑에 대한 관대한 사랑의 표현이 됩니다.

마음 안에 사랑을 잃었기에 지금이 불안해서, 외로워서, 두려워서,

그럼에도 자신이 사랑받아 마땅한 존재임을 확인하고 싶어서,

하지만 자기 자신은 도무지 그것을 스스로에게 확인시킬 수가 없어서,

그래서 모든 사람들이 두려워하며 제게 사랑을 구하고 있습니다.

무엇보다 저 자신의 마음이 세게 그 사랑을 구하고 있습니다.

그러니 제가 이제는 제 마음의 외침에 사랑으로 응답하게 해주세요.

그렇게 저 자신의 마음을 안아주고 나서,

이제는 타인들의 마음 또한 안아줄 수 있게 해주세요.

사랑의 부재에 아파하지만, 그것이 사랑의 부재 때문인 줄 몰라

많은 사람들이 외부를 통해 그 아픔을 달래려고 하고 있습니다.

그래서 이토록이나 외로워하고 있으며, 두려워하고 있으며,

그 마음의 쓸쓸함을 외면하기 위해 외부에 그 원인을 투사한 채

외부를 탓하고, 짜증스럽게 대하고, 화내고 원망하고 있습니다.

그래서 사실 그들은 외롭고 안쓰러운 존재들입니다.

그저 자기 자신을 스스로 사랑하지 못해 외부에서

그 사랑을 구하고 있을 뿐인 마음이 많이 아픈 사람들입니다.

하여 제가 그랬듯, 그들 또한 사실은 사랑이 필요한 것일 뿐입니다.

하여 제가 저 자신을 사랑으로 안아줬듯, 그렇게 저를 치유했듯,

그들에게 또한 사랑의 눈빛을 전해주고, 그 눈빛을 통해

당신은 있는 그대로 사랑받기에 충분한 사람이다, 하는 마음을 전해주고,

그 마음을 전해줌으로써 그들을 안아줄 필요가 있을 뿐입니다.

그리고 제가 그들을 사랑할 때, 저는 마침내 두 가지의 표현 중

사랑을 주는 표현을 하는 사람이 되었기에, 마찬가지로

저 자신에게 또한 사랑을 주는 표현을 하는 사람이 되었기에,

비로소 저는 저 자신의 흔들리지 않는 평화를 완성하게 됩니다.

이제 제 마음이 불편함을 통해 저에게 말할 일이 없기 때문입니다.

불편함을 통해 사랑의 부재를 알릴 필요도 없으며,

불편함을 통해 사랑을 구하는 표현을 할 필요도 없으며,

그래서 저는 모든 불편함 너머의 평화를 소유하게 됩니다.

그러니 이제는 제가 오직 사랑을 주는 자가 되게 해주세요.

저 자신에게 사랑을 주고, 제 마음에 가득 채워진 사랑을 바탕으로

이 세상과 사람들에게 또한 사랑의 빛을 전해주는 자가 되게 해주세요.

그렇게 제가 사랑을 주는 것은 희생이 아니라,

저 자신의 평화를 완성하기 위한 헌신임을 진정 알아가게 해주세요.

하여 저는 지금의 이 불편함을 미워하고 말 그대로 불편하게 여기기보다,

저 자신의 사랑을 위해 제게 찾아온 수업임을 알고

오직 선물로서 끌어안은 채 배우며 나아가고자 합니다.

모든 불편함이 사랑의 필요를 알려주기 위한 선물임을 잊지 않고자 합니다.

지금의 이 불편함을 통해 저는 완전한 평화와 사랑에 이르게 될 테니,

진정으로 이것은 당신께서 제게 사랑으로 주신 선물이기 때문입니다.

그래서 저는 오직 감사함으로써 지금을 마주하며 나아갑니다.

더 이상은 당신께서 제게 주신 선물을 오해하지 않을 것이며,

당신께서 이 선물을 제게 주신 목적 또한 오해하지 않을 것입니다.

하여 사랑이 됨으로써 사랑하고, 그렇게 행복한 자가 되라는

당신의 뜻을 오직 완전하게 이해하고 받드니,

당신께서 또한 저와 함께해주시고 저를 더욱 안내해주세요.

그러니까 존재하는 순간에 저를 찾아오는 모든 불안함, 두려움,
예민함, 짜증, 분노, 원망, 무기력함, 우울, 좌절, 공허,
그것이 무엇이든 제가 지금 완전히 평화롭지 않다면
그건 제게 사랑이 필요함을 말해주는 마음의 울림인 것입니다.

망설임 없는 사랑.

제가 사랑을 두려워하지 않게 해주세요.

저는 제가 완전히 사랑하면 타인들이 저를 무시할까 봐,

제가 훼손되고 쉽게 모욕받게 될까 봐, 가난해질까 봐,

그러한 것이 두려워 언제나 사랑 앞에서 망설입니다.

때로는 지나치게 저를 방어하며 공격적인 태도를 취하기도 합니다.

하지만 그래서 또한 불안하고 행복하지가 않습니다.

늘 머릿속으로 계산하고, 저를 방어하고, 방어하기 위해 공격하고,

타인에 대해 비판함으로써 저의 사랑 없는 상태를 정당화하고,

그러느라 행복이 들어올 틈도 없는 복잡한 갈등 속에서 헤매고 있습니다.

하지만 그럼에도 완전한 사랑을 제가 하게 될 때 과연 저의 입장을,

저의 위치를 제가 지킬 수 있을까 하는 걱정에 여전히 망설이게 됩니다.

그러니 이제는 높으신 당신께 겸손한 마음으로 묻습니다.

제가 완전히 사랑한다면, 사랑 앞에서 모든 이기심을 내려놓는다면,

과연 제가 안전할 수 있을까요. 저를 지켜낼 수 있을까요.

그리고 당신께서 제게 답하십니다. 믿음으로 그렇게 하라고.

그리고 당신에 대한 믿음이 없을 때 너는 여전히 두려워할 것이기에

그때 네가 하게 될 사랑은 사랑이 아닌 사랑하는 척이 될 뿐일 것이라고.

하지만 네가 진정으로 믿고, 하여 완전히 사랑한다면,

너는 반드시 나의 품 안에서 지켜질 것이고, 반드시 채워지리라고.

그래서 저는 오늘 제 모든 두려움을 당신에 대한 믿음 앞에 내려놓고,

망설임과 갈등 너머에 있는 진정한 사랑을 향해 나아가고자 합니다.

제가 완전히 사랑할 때 누군가가 저를 약하게 여긴다면,

당신께서 제가 사랑의 존엄으로 그를 거절하게 할 것이며,

제가 완전히 사랑할 때 경제적으로 손해를 겪게 된다면,

당신께서 그 손해를 손해보다 더 크게 채워주실 것이며,

제가 사랑하기 힘든 자들을 사랑하기 위해 노력하느라 지칠 때

당신께서 사랑하기 힘든 저를 그럼에도 사랑하셨음을,

사랑하셨기에 생명의 은혜를 주셨음을 기억하게 해줄 것이며,

무엇보다 제 마음에 이제는 당신께서 두려움과 갈등, 불안함,

공격과 방어, 비판과 원망, 계산과 이기심, 그 모든 불행 대신에

사랑의 기쁨과 평화, 행복과 너그러움, 풍요와 생명의 활기,

미워하고 비판하지 않아도 된다는 안도를 주실 것을 저는 믿습니다.

그러니 제가 더 이상 사랑 앞에서 망설일 이유가 무엇일까요.

하여 저는 이제 망설임 없이 사랑하고, 사랑이 되고자 합니다.

그렇게 당신께서 제게 주시는 모든 선물을 받고자 합니다.

그러니 주님, 제가 오늘 사랑을 두려워하지 않게 해주시고,

당신께서 제게 사랑하라고 보낸 모든 생명과 인연들을,

당신께서 제게 사랑을 배우라고 주신 모든 제 삶의 순간들을

오직 사랑함으로써 제가 더욱 순수하게 웃는 사람이 되게 해주세요.

진실로 모든 순간이 당신께서 제게 주신 사랑의 기회입니다.

그래서 저는 그 기회를 헛되이 낭비하지 않은 채 사랑할 것이며,

사랑함으로써 저 자신의 행복과 평화를 완성할 것입니다.

그러니 이제는 높으신 당신께 겸손한 마음으로 묻습니다.
제가 완전히 사랑한다면, 사랑 앞에서 모든 이기심을 내려놓는다면,
과연 제가 안전할 수 있을까요. 저를 지켜낼 수 있을까요.
그리고 당신께서 제게 답하십니다. 믿음으로 그렇게 하라고.
그리고 당신에 대한 믿음이 없을 때 너는 여전히 두려워할 것이기에
그때 네가 하게 될 사랑은 사랑이 아닌 사랑하는 척이 될 뿐일 것이라고.
하지만 네가 진정으로 믿고, 하여 완전히 사랑한다면,
너는 반드시 나의 품 안에서 지켜질 것이고, 반드시 채워지리라고.

그러니 주님, 제가 오늘 사랑을 두려워하지 않게 해주시고,
당신께서 제게 사랑하라고 보낸 모든 생명과 인연들을,
당신께서 제게 사랑을 배우라고 주신 모든 제 삶의 순간들을
오직 사랑함으로써 제가 더욱 순수하게 웃는 사람이 되게 해주세요.
진실로 모든 순간이 당신께서 제게 주신 사랑의 기회입니다.
그래서 저는 그 기회를 헛되이 낭비하지 않은 채 사랑할 것이며,
사랑함으로써 저 자신의 행복과 평화를 완성할 것입니다.

줌으로써 받는 사랑.

제가 제 마음 안에서 풍요를 느끼게 해주세요.
자신의 진정한 근원인 마음 안에서 풍요를 느끼는 자만이
진정으로 사랑하고 너그럽고 관대할 수 있기 때문입니다.
그 풍요를 느끼지 못해 내면에 결핍을 간직한 사람은
주는 것을 희생이라 느낄 수밖에 없으며, 하여 주면서도 아까워하고,
되받을 것을 기대하고, 그런 식의 보상을 바랄 수밖에 없기 때문입니다.
하지만 보상을 바라는 마음은 결국 관계를 해칠 수밖에 없습니다.
이 세상에 결코 내가 받고자 하는 만큼 내게 주는 사람은 없으며,
내가 물질이든 감사의 마음이든, 그래서 그것을 받고자 기대할 때
저는 그 마음을 결코 충족시키지 못해 서운해하고, 공허해하고,
하여 상대방을 압박하거나 원망할 수밖에 없게 되기 때문입니다.
그래서 그때의 저는 사랑을 준 뒤에 곧장 사랑을 아까워하며
이제는 상대방에게 사랑이 아닌 표현들을 주는 제가 되어버립니다.
그래서 결핍의 마음에서 비롯한 줌은 더 큰 결핍만을 낳을 뿐입니다.
하지만 자신의 마음 안에 무한한 풍요의 근원이 있음을 아는 자는
하나를 줌으로써 하나를 잃는 물질의 법칙을 넘어
사랑의 법칙에 따라 사랑하기에 결핍을 겪거나 경험할 수 없습니다.
오직 높으신 당신께서 제게 주신 유일한 사명인 사랑을 따라갈 때
당신께서 저를 무한하게 채워주실 것임을 그때는 믿기 때문입니다.
하여 진실로 믿음이 없는 자만이 사랑을 망설일 수 있을 뿐입니다.

그래서 저는 오늘 그 진정한 믿음으로 사랑하고자 합니다.

마르지 않는 풍요가 제 안에 있음을 느끼며, 이 세상의 법칙을 넘어선

지고의 법칙인 사랑을 따라 줌으로써 받는 자가 되고자 합니다.

하여 이제 희생이라는 오류는 제게 자신의 그림자를 드리우지 못합니다.

희생은 오직 이 세상에 속한 자들만이 믿을 수 있는 환상이며,

여전히 결핍을 겪고 있으며 결핍을 실재로 여기는 자들만이

그것이 진실인 양 따르며 우상 숭배할 수 있을 뿐인 것이기 때문입니다.

그리고 저는 이제 세상을 살아가지만, 그 세상에 속한 자가 아니며,

오직 당신의 사랑과 그 사랑의 법칙에 속한 자가 되었기 때문입니다.

그러니 제가 오늘 오직 당신의 마음으로 사랑하게 해주세요.

제가 주는 모든 사랑의 표현은 결국 당신께서 받으시기에 당신께서

제게 더 큰 사랑으로 응답하실 것임을 제가 의심하지 않게 해주세요.

그 모든 것을 뒤로하더라도, 저 자신의 진정한 행복을 위해

제가 받는 것을 기대하지 않고 오직 진실하게 사랑하게 해주세요.

그러니까 제가 상대방을 위해서가 아니라 저를 위해서,

저 자신의 진정한 행복과 평화를 되찾기 위해서 사랑하게 해주세요.

사랑이 있는 곳에 공허와 결핍을 넘은 기쁨이 있으며, 그 기쁨은

상실되거나 빼앗길 수 없는 진정한 제 자신의 것이기 때문입니다.

그러니까 그 기쁨이 바로, 당신께서 제게 주신 가장 귀한 선물이며,

당신의 사랑이 제게 임하는 천국의 울림이자 떨림이기 때문입니다.

그 풍요를 느끼지 못해 내면에 결핍을 간직한 사람은
주는 것을 희생이라 느낄 수밖에 없으며, 하여 주면서도 아까워하고,
되받을 것을 기대하고, 그런 식의 보상을 바랄 수밖에 없기 때문입니다.
하지만 보상을 바라는 마음은 결국 관계를 해칠 수밖에 없습니다.
이 세상에 결코 내가 받고자 하는 만큼 내게 주는 사람은 없으며,
내가 물질이든 감사의 마음이든, 그래서 그것을 받고자 기대할 때
저는 그 마음을 결코 충족시키지 못해 서운해하고, 공허해하고,
하여 상대방을 압박하거나 원망할 수밖에 없게 되기 때문입니다.

그래서 저는 오늘 그 진정한 믿음으로 사랑하고자 합니다.
마르지 않는 풍요가 제 안에 있음을 느끼며, 이 세상의 법칙을 넘어선
지고의 법칙인 사랑을 따라 줌으로써 받는 자가 되고자 합니다.
하여 이제 희생이라는 오류는 제게 자신의 그림자를 드리우지 못합니다.
희생은 오직 이 세상에 속한 자들만이 믿을 수 있는 환상이며,
여전히 결핍을 겪고 있으며 결핍을 실재로 여기는 자들만이
그것이 진실인 양 따르며 우상 숭배할 수 있을 뿐인 것이기 때문입니다.
그리고 저는 이제 세상을 살아가지만, 그 세상에 속한 자가 아니며,
오직 당신의 사랑과 그 사랑의 법칙에 속한 자가 되었기 때문입니다.

죄와 실수.

제가 사람들의 죄를 보기보다 실수를 보게 해주세요.

죄는 원망하고 탓한 채 공격해야 할 대상이 되지만,

실수는 그저 바로잡을 필요가 있는 성숙의 과정일 뿐입니다.

그래서 죄를 보는 사람은 쉽게 미워할 수밖에 없지만,

실수를 보는 사람은 여전히 너그럽게 사랑할 수 있습니다.

그래서 죄를 보는 사람은 미움과 분노로 말할 수밖에 없지만,

실수를 보는 사람은 여전히 다정하게 말할 수 있습니다.

그리고 세상에 미움과 분노로 말할 때 상처받지 않은 채

그것이 진정 자신을 위한 배움이라 믿고 기꺼이 배우는 사람이

과연 몇 사람이나 있을까요, 저는 그럴 수 있는 사람일까요.

저 또한 누군가가 저의 어떤 실수를 죄라고 여긴 채

제가 있는 그대로 사랑받아 마땅한 사람이라는 권리를

끝없이 공격하고 훼손할 때 저의 온전함을 지켜내기가 힘듭니다.

그렇다면 제가 힘든 것을 남에게 저지르는 것이야말로

그 실수보다 더 큰 실수이자 반드시 바로잡아야 할 마음이 아닐까요.

그러니 제가 이제는 사람들의 실수를 바라보게 해주시고,

진정 그 사람을 위하는 사랑의 마음에서 그를 안내하게 해주세요.

사랑은 반드시 사랑의 마음을 이끌어내지만, 사랑 없는 마음은

그 어떤 감춤과 거짓말로 사랑인 척 꾸며낼지라도 사랑이 아니기에

상대방으로 하여금 사랑 없는 마음만을 이끌어낼 수 있을 뿐입니다.

그리고 그것을 알아보는 수단이 있으니, 그것이 바로

그 순간 제가 기쁨과 평화와 함께하고 있느냐, 아니냐 하는 것입니다.

제가 사랑으로 말할 때 저는 기쁨과 평화와 함께할 수밖에 없습니다.

하지만 사랑 없이 말할 때 저는 결코 평화롭지 못할 것입니다.

세상에 누군가의 죄를 공격하며 너그러운 표정을 짓는 사람은 없으며,

그러니까 그는 반드시 인상을 찌푸린 채 심각함에 몰두하고 있을 것입니다.

그리고 그것이 바로 죄를 바라보는 것으로는

결코 제가 행복할 수도, 사랑할 수도 없다는 그 자체의 증거입니다.

그러니 제가 타인의 죄를 공격함으로써 행복에 이를 수 있을 거라고 믿는

그 터무니없는 망상과 오류로부터 저 자신을 완전히 구원하게 해주세요.

하여 타인의 죄를 바라보기보다, 그 죄 뒤에 있는

여전히 찬연하게 빛나는 상대방의 존재를 바라보게 해주시고,

하여 타인을 위해 꼭 말해야 할 것은 사랑으로 말하되,

말하지 않아도 될 것은 예쁜 이해의 마음으로 넘어가게 해주세요.

그리고 그 둘을 구분할 수 있는 지혜를 또한 제게 주세요.

제가 진정으로 타인을 위할 때, 저는 오직 기쁨과 평화만을 느낄 테니

제가 더 이상 타인을 위한다는 말로 사랑 아닌 저의 말과 행동을

정당화하고 합리화하지 않을 수 있게 해주시고, 하여 사랑으로 인한

기쁨과 평화를 매 순간 제 가슴 속에서 하염없이 느끼게 해주세요.

진실로 죄는 없습니다. 오직 작은 실수가 있거나, 사랑이 있을 뿐입니다.

죄는 원망하고 탓한 채 공격해야 할 대상이 되지만,
실수는 그저 바로잡을 필요가 있는 성숙의 과정일 뿐입니다.
그래서 죄를 보는 사람은 쉽게 미워할 수밖에 없지만,
실수를 보는 사람은 여전히 너그럽게 사랑할 수 있습니다.
그래서 죄를 보는 사람은 미움과 분노로 말할 수밖에 없지만,
실수를 보는 사람은 여전히 다정하게 말할 수 있습니다.

하여 타인을 위해 꼭 말해야 할 것은 사랑으로 말하되,
말하지 않아도 될 것은 예쁜 이해의 마음으로 넘어가게 해주세요.
그리고 그 둘을 구분할 수 있는 지혜를 또한 제게 주세요.

지금의 행복이라는 기적.

태고의 증오가 현재의 사랑으로 변화되는 것,

그것이 바로 제가 깊이 바라고 원하는 유일한 기적입니다.

결핍에 항상 시달리며 불안에 떨며 외로워했던 제 마음이

이제는 영원한 풍요와 안전 안에서 기쁨과 함께 쉬어가는 것,

그것이 바로 제가 깊이 바라고 원하는 유일한 기적입니다.

그러니까 어제의 슬픔이 오늘의 기쁨으로 변화되는 것,

어제의 원망이 오늘의 용서와 이해로 변화되는 것,

어제의 불행이 오늘의 무한한 기쁨과 평화로 변화되는 것,

그것이 바로 제가 깊이 바라고 원하는 유일한 기적입니다.

외부의 그 어떤 변화도 저에게 영원한 행복을 주지 못합니다.

제 존재의 근원은 제 마음이며, 그래서 그 존재로부터 행복할 때,

그때야 비로소 저의 행복은 영원히 안전할 것이기 때문입니다.

그래서 저는 이제 외부의 어떤 일이 제게 일어나길 바라지 않습니다.

늘 저의 마음을 아프게 하고 지치게 했던, 때로는 화나게 했던,

슬픔과 불안함에 허덕이게 했던 그, 제 내면의 시선을 변화시킴으로써

제가 세상을 다르게 인식할 수 있기만을 유일하게 바라고 원할 뿐입니다.

그러니까 그 시선의 변화가 제가 바라고 원하는 유일한 기적입니다.

그러니 저에게 아름다운 시선이라는 변화의 기적을 허락해주세요.

외부에서 행복을 찾으려고 했지만 저는 불행했을 뿐입니다.

더욱 큰 결핍과 불안함, 증오에 더욱 깊이 시달리게 되었을 뿐입니다.

하여 더욱 많은 것을 걱정하고 미워한 채 불안해졌을 뿐입니다.

그러니 이제는 저의 행복을 위해 세상과 타인이 제게 이렇게 해주길
바라고 기대하기보다, 하여 통제하고 집착한 채 서운해하기보다
오직 제 근원인 제 마음으로부터 제가 행복한 사람이 되게 해주세요.
제 마음이 완전히 행복하기에 외부에 바랄 것이 더 이상 없는 것,
그것이야말로 진정한 행복이 함께하는 유일한 마음이기 때문입니다.
그렇게 저는 과거를 편집함으로써 행복을 얻을 수 있을 거라는,
미래를 통제함으로써 행복을 얻을 수 있을 거라는 오해의 구름을
현재의 빛으로 완전히 거두어낸 채 오늘, 지금, 행복하고자 합니다.
더 이상 과거와 미래는 저를 사로잡지 못할 것이며,
증오와 두려움, 불안함과 외로움, 슬픔과 결핍 또한 마찬가지입니다.
왜냐면 저는 제가 가지고 있지 않은 것을 바라는 것이 아니라
이미 제가 가지고 있으며, 태초부터 영원히 저인 그것,
그러니까 제 영혼의 이름인 현재의 사랑을 청하고 있기 때문입니다.
그러니 그 현재의 사랑으로부터 제가 오늘 보호받게 해주시고,
제 마음의 모든 오해의 구름을 그 빛으로 변화시키게 해주세요.
그 진정한 평화의 쉼 안에서 기쁨과 환희와 함께 쉬어가게 해주세요.
오직 제 근원인 제 마음 안에서부터 제가 완전히 행복하게 해주시고,
하여 그 외에 그 어떤 것도 바라지 않은 채 그곳에 머무르게 해주세요.
행복은, 바라는 모든 것이 이루어질 때 생기는 얻음의 마음이 아니라
더 이상 바라는 게 전혀 없을 때 비로소 제 마음을 가득 비추는
완전함의 마음이자 모든 결핍을 넘어선 지금의 고요이기 때문입니다.

외부에서 행복을 찾으려고 했지만 저는 불행했을 뿐입니다.
더욱 큰 결핍과 불안함, 증오에 더욱 깊이 시달리게 되었을 뿐입니다.
하여 더욱 많은 것을 걱정하고 미워한 채 불안해졌을 뿐입니다.

행복은, 바라는 모든 것이 이루어질 때 생기는 얻음의 마음이 아니라 더 이상 바라는 게 전혀 없을 때 비로소 제 마음을 가득 비추는 완전함의 마음이자 모든 결핍을 넘어선 지금의 고요이기 때문입니다.

사랑의 증거.

지금 이 순간이 제가 선택할 수 있고, 선택함으로써
아름다운 변화와 성숙을 추구할 수 있는 유일한 순간입니다.
그러니 제가 이 순간을 무엇보다 소중히 여길 수 있게 해주세요.
제가 아름다운 변화와 성숙보다 다른 가치들을 소중히 여길 때,
저는 이 순간을 그 가치들을 위하여 사용하게 될 것이고,
하여 제 마음은 또다시 아름다운 변화와 성숙의 기회를 놓친 채
공허함과 외로움에 웅크린 채 쓸쓸하게 저를 기다려야 할 것입니다.
성숙하기 위해 태어나 그 기회와 선물로써 이곳에 존재하는 제가
오래도록 성숙을 선택하지 않은 채 망설이고 주저할 때,
그래서 저는 당신께서 제게 주신 소중한 성숙과 변화의 기회를,
그 선물을 송두리째 낭비한 채 이 삶을 마감하게 될 것입니다.
그러니 지금 이 순간을 제가 타인을 비난하고, 원망하고,
저 자신의 이기심을 채우기 위해 끝없이 계산하고, 이용하고,
슬퍼하고, 불안해하고, 두려워하고, 그 모든 환상을 위해 사용하기보다
오직 이해하고 용서하고 내려놓고 사랑하길 선택함으로써
저 자신이 존재하는 이유와 목적을, 당신께서 제게 주신 기회와 선물을
그것에 맞게 사용하게 해주세요. 그렇게 예쁘게 빛나게 해주세요.
저는 당신의 품 안에서 사랑으로 태어났지만 그 사랑을 망각했고,
하여 그 사랑을 다시 기억하고 되찾기 위해 이곳에 왔습니다.
그러니 제가 저의 그 결심과 사명을 여전히 기억하지 못한 채
사랑 앞에서 헤매고, 주저하고, 망설이지 않도록 당신께서 이끌어주세요.

제 눈에 보이고, 제 손에 닿는 모든 것, 제가 마주하는 모든 상황,

그 앞에서 저는 기꺼이 사랑하길 선택할 수 있고,

하여 마침내 제가 기꺼이 사랑하길 선택할 때 제 마음 안에서는

사랑의 황홀한 울림이 별처럼 쏟아지고 반짝이기 시작할 것입니다.

그리고 그 진실한 행복을 가슴 안에서 한 번이라도 느껴본 사람은

더 이상 사랑 앞에서 망설일 수 없습니다. 오직 나아갈 수밖에 없습니다.

그러니 그 한 번의 사랑을 제가 해낼 수 있게 도와주세요.

당신께서 저의 한 발을 함께 내디뎌주세요. 제가 사랑하게 해주세요.

사랑하고자 마음먹을 때 생기는 모든 두려움과 불안함, 의심,

이기심의 발버둥과 미움의 울부짖음을 당신께서 잠재워주시고,

하여 제가 믿음으로 의심과 불안함 없이 사랑할 수 있게 해주세요.

그 사랑을, 당신의 품에 바치고 안겨드릴 수 있게 해주세요.

사랑할 때 저는 제가 가진 것을 잃고 빼앗길 것이라 생각하지만,

진실로 사랑할 때 저는 채워지고 더욱 영원한 풍요를 누리게 됩니다.

사랑하지 않는 사람의 얼굴에는 늘 걱정과 근심이 가득하나

망설임 없이 사랑하는 사람의 얼굴에는 늘 빛과 미소가,

아름다운 에너지와 너그러움이 함께하고 있다는 것이 그 증거입니다.

그러니 제가 상대방을 위해서가 아니라 저를 위해 사랑하게 해주시고,

그 사랑을 위해 주어진 지금 이 순간을 오직 사랑하기 위해 씀으로써

공허함과 외로움, 두려움, 이기심의 영원한 종말을 맞이하게 해주세요.

하여 제 표정과 미소 또한 그 사랑의 증거가 되어 굳어지게 해주세요.

제가 아름다운 변화와 성숙보다 다른 가치들을 소중히 여길 때,
저는 이 순간을 그 가치들을 위하여 사용하게 될 것이고,
하여 제 마음은 또다시 아름다운 변화와 성숙의 기회를 놓친 채
공허함과 외로움에 웅크린 채 쓸쓸하게 저를 기다려야 할 것입니다.

사랑할 때 저는 제가 가진 것을 잃고 빼앗길 것이라 생각하지만,
진실로 사랑할 때 저는 채워지고 더욱 영원한 풍요를 누리게 됩니다.
사랑하지 않는 사람의 얼굴에는 늘 걱정과 근심이 가득하나
망설임 없이 사랑하는 사람의 얼굴에는 늘 빛과 미소가,
아름다운 에너지와 너그러움이 함께하고 있다는 것이 그 증거입니다.

당신의 하루가 오늘도 무탈하게 행복하기만을
진심으로 바라고 기도하겠습니다.
부디 평화와 사랑이 매 순간 당신을 지켜주고,
하여 사랑으로부터 보호받는 당신의 하루이기를.
그렇게 당신이 걱정 없이 예쁘게 웃는 것만으로
저는 더 이상 바라는 것 없이 행복할 것이기에
이 모든 기도를 당신의 행복을 위해 바치며,
저는 그것으로 이미 모든 것을 받았다 여길 것입니다.
그 외에 제가 진실로 무엇을 더 바랄 수 있을까요.
그러니 부디 당신이 행복했으면 좋겠습니다.

사랑을 다해, 김지훈 작가 올림.

너를 위해
매일 기도하는 누군가가

1판 01쇄 인쇄 ｜ 2022년 10월 30일
1판 01쇄 발행 ｜ 2022년 11월 07일

지은이 ｜ 김지훈

발행인 ｜ 김지훈
기획편집 ｜ 김지훈
책임디자인 ｜ 김진영

발행처 ｜ (주)진심의꽃한송이
주소 ｜ (04074) 서울특별시 마포구 상수동 333-28번지 에프하우스 3층
대표전화 ｜ 02-337-8235 ｜ 팩스 ｜ 02-336-8235
등록 ｜ 2018년 8월 30일 제 2018-000066호

ⓒ 2022 by 김지훈
ISBN 979-11-91877-03-8 (03810)